双槐岁钞

[明] 黄瑜 撰　王岚 校点

图书在版编目(CIP)数据

双槐岁钞 /（明）黄瑜撰；王岚校点. —上海：
上海古籍出版社，2012. 12(2023. 8 重印)
（历代笔记小说大观）
ISBN 978-7-5325-6364-7

Ⅰ.①双⋯ Ⅱ.①黄⋯ ②王⋯ Ⅲ.①笔记小说-小
说集-中国-明代 Ⅳ.①I242. 1

中国版本图书馆 CIP 数据核字(2012)第 044818 号

历代笔记小说大观

双 槐 岁 钞

［明］黄　瑜　撰
王　岚　校点
上海古籍出版社出版发行
（上海市闵行区号景路 159 弄 1-5 号 A 座 5F　邮政编码 201101）
（1）网址：www. guji. com. cn
（2）E-mail：guji1@guji. com. cn
（3）易文网网址：www. ewen. co
常熟文化印刷有限公司印刷
开本 635×965　1/16　印张 11　插页 2　字数 146,000
2012 年 12 月第 1 版　2023 年 8 月第 2 次印刷
印数：2,101—2,900
ISBN 978-7-5325-6364-7
I·2518　定价：27. 00 元
如有质量问题,请与承印公司联系

校 点 说 明

《双槐岁钞》十卷,明黄瑜撰。

黄瑜,字廷美,香山(今广东)人。生平不详。景泰七年丙子(1456)举人,应诏疏上"六事",触权贵,将得罪,幸赖吏部尚书王翱、户部侍郎薛远救之。成化五年己丑,授长乐知县,故世称"长乐公"。黄瑜在任时,兴学、安良、化盗、抗暴,颇有惠政。未几,以劲直忤当道,弃官归老。徙居会城番山(今广东番禺)下,手植二槐,构亭,吟啸其间,自称"双槐老人"。瑜以诚为学之本,以"不欺心、不欺人、合内外而一之"为诚。老而好《朱子语类》及唐音杜诗,卒年七十三。著有《双槐文集》(已佚)、《双槐诗集》、《双槐岁钞》。

《双槐岁钞》,因黄瑜归老后所建"双槐亭"名之,所记洪武迄成化中事,凡二百二十条。"圣神功德"、"人文典礼"、"天地祥眚"、"经史异同"、"懿行美政"、"异端奇术",无所不包。其中描述少数民族文化及其与汉族的交往、关系,如"西域历书"、"蒙古瓦剌"、"朵颜三卫"等,都颇有价值。可贵的是作者并不限于叙事,在"金尚书际遇"、"己巳御房诸将"、"卜马益"数条中,作者皆讥其失,体现了"崇大本、急大务、期大化、决大疑、昭大节、正大经"的著书目的。故此书在明人野史中颇得体要,于正史多所裨补。然亦多与他书相类,且神怪报应之说,往往滥载,是以读者当留意焉。

本书最有价值的部分,当属一些可与今已残缺之书互补互校的篇章。尤其如卷八的"尹氏八士"、"祭公芮伯",出自《逸周书》,而现存《逸周书》中此二篇颇多阙处。若以《双槐岁钞》中此二条参补，几可全矣。

　　本次整理，以北京国家图书馆藏明嘉靖三十八年（1559）陆延枝刻本为底本（此本为王重民《中国善本书提要》所录），以清道光十一年（1831）南海伍氏粤雅堂文字欢娱室刊《岭南遗书》本对校。据《双槐岁钞》伍元薇跋，知此本乃据康熙甲子刻本重刻。另一参校本为清顺治四年（1647）两浙督学周南李际期宛委山堂刊《说郛》本（此书仅节选《双槐岁钞》一卷），并参考多种相关著述、类书，斟酌比较，择善而从。不出校记。

目　　录

第十卷

双槐岁钞叙

　　宋左禹锡裒诸家杂说为《百川学海》，元陶九成纂经史百氏为《说郛》，类书纪载，庶其备矣。今予观于黄公《双槐岁钞》，甚有所得，而叹古人多遗论也。夫长乐黄公，南海人也，蕴道立德，博学宏词，抱志负才，思奋庸于时，以大厥施。起乡荐，养太学，顾乃弗录南宫，仅典一邑以老。平生操觚著述，凡所闻见，朝披夕撰，日积月累，始景帝嗣位七载，逮孝皇御极八禩，《岁钞》乃成。圣神功德书焉，人文典礼书焉，天地祥眚书焉，经史异同书焉，懿行美政书焉，异端奇术书焉。考诸既往，验诸将来，大有关系，殊非裂道德、乖伦彝、拂经背正、费岁月于铅椠者比也。故今考之，为卷十，为目二百二十。约可该博，小可括大，简可胜繁，无蹈袭，无补缀，无剽窃，可信可法，可观可兴，可以训诫劝惩，罔不具焉。评者以为应仲远之《风俗通》，蔡中郎之《劝学篇》不是过也。乃若博古物如张华，核奇字如扬雄，索异事如赞皇公，知天穷数如淳风、一行，可兼其长。亦何必订古语为钤契，究谚谈为稗官，搜神怪为鬼董狐，资谑浪调笑为轩渠子，以称雄于技苑谈圃为也。孔子曰："多闻择其善者而从之，多见而识之。"此万世作者法程也。兹长乐公，殚智竭劳毕四十年，遵孔氏之遗教，辑儒者之完书，示今传后，不亦贤于人远矣哉！我朝宣、正以至弘、德，馆阁台省，宗工学士，各纪闻见，著为录、记、谈、说，自成一家。迩年尚述大夫，萃而传之，名曰《今献汇言》。博物洽闻，殆与黄公斯钞互相羽翼，左、陶二子，恶足专美前世哉！小子无似，幸不弃于泰泉詹学，巨篇示轨，受迪多矣。敢拾俚语，置诸末简，询刍荛之一得，采葑菲而不违，窃属望于博雅君子。嘉靖二十八年己酉秋八月望，赐进士出身、通议大夫、资治尹、刑部右侍郎致仕，前都察院右副都御史、奉敕总督漕运、巡抚山东、南畿，大庾刘节书。

双槐岁钞序

　　夫著道莫最乎纂述，厥用维五，而疵亦称是焉。盖叙古者用乎择者也，赞今者用乎确者也，品才者用乎公者也，考业者用乎会者也，谛文者用乎理者也。是故美具于择，恶滥以蔽美也；鉴永于确，恶诬以废鉴也；贤重于公，恶暗以妨贤也；功即于会；恶紊以隐功也；作贯于理，恶谬以颣作也。斯纂述之恒局云。予观长乐令黄公《双槐岁钞》，未尝不心注其思，而深慨其遇矣。夫是之为书，言乎其古也，搜罗群籍，维典乃宪，譬则武库洞开，而神物焜耀，粹其择矣；言乎其今也，明良之际，开物成务，拥日月而蹑云汉，昭其确矣；言乎其才也，采莹弃瑕，而眚靡德掩，廓其公矣；言乎其业也，因事以表伐，而审势以裁变，标其会矣；言乎其文也，秾辞谣讝，捃摭罔漏，然卒规之于雅节，综其理矣。居诸中秘，鉴戒其备乎？推诸州里，道化其兴乎？施诸四方，文儒学士不有矜快于先睹者乎？昔应劭沿风俗而《通义》成，世南工赋咏而《书钞》富，温公志献纳而《稽古》详，东莱慕演撰而《事记》显。驰艺苑者，籍余沃焉。玩是书之华，固足以比隆于诸子，要之精蕴，宜未可以纪载窥也。虽然，予故有深慨焉。公惟笃古之行，超萃其才，内弼亮而外宣风，盖优举焉。乃疏格于五事，骥淹于百里，四十年匡济之怀，附之铅椠以老，所谓"德泽不加于时，欲垂空言以诏后世"者，无亦异代而同遭欤？抑庆泽之源犹瓜瓞也？于语有之，"不于其身，必于其子孙。"粤洲封君，相世弗耀，而风操特重，宫端先生蔚然悬深源之望于天下。双槐名亭，殆有俟耶！王氏征之矣。书十卷，凡二百二十篇。赐进士出身、通议大夫、兵部右侍郎致仕，前巡抚云南、湖广地方都察院右副都御史，后学南海黄衷书。

双 槐 岁 钞 序

　　儒者之学,通古今,达事变,穷理尽性,以至于命而已矣。予质性疏鲁,虽颇嗜学,然于道望洋,殊未有得。乃日事操觚,每遇所见所闻暨所传闻,大而缥缃之所纪,小而苫茇之所谈,辄即抄录。岁自景泰丙子,以迄于今,四十年于兹,而编成焉。凡圣神功德必书,崇大本也;人文典礼必书,急大务也;天地祥眚必书,期大化也;经史异同必书,决大疑也;懿行美政必书,昭大节也;异端奇术必书,正大经也。言今必稽诸古,言天必征诸人,言变必揆诸常,言事必归诸理,此予著述之志也。自顾学识谫陋,择焉而不精;词藻粗弱,语焉而不详;搜括疏漏,犹登山望远而近不知;毛举细琐,犹入室观近而远不察,徒为饰辕覆瓿之赘物焉尔,何足以尘艺圃而辱牙签也哉。昔者成式《杂俎》,志怪过于《齐谐》;宗仪《辍耕》,纪事奢于《白帖》,然而君子弗之取,何则?多闻不能以阙疑,多识不足以畜德故也。今予此书,得诸朝野舆言,必证以陈编确论;采诸郡乘文集,必质以广座端人。如其新且异也,可疑者阙之,可厌者削之。虽郁于性命之理,若不足为畜德之助,而语及古今事变,或于道庶几弗畔云。双槐,亭名,在广郡会城,予解组后栖息处也。时大明弘治乙卯仲春穀旦,七十迁叟前琴堂傲吏香山黄瑜廷美甫谨书。

修 省 直 言

　　先大父长乐府君，蕴道立德，思奋庸于时。领荐后即挈家游宦，十有五年于外，乃返会城以老。故见闻甚富，然必参伍研核，岁增月润，始成是编，惟馆阁一二事，犹阙疑焉。比佐窃禄留院，堂之东一巨柜，扃镵案牍，虽吴元年楮墨，完整如新，因据而补之，洪武中科第及永乐初吉士姓名是也。忆孩提时，府君抱哺，日置诸膝。先考过庭，时时问及名理神化，披阅《语类》诸书，且诵且谈。既莹所疑，则笑曰："程朱语我矣，又奚疑焉？"其笃信如此。闻邸报时事，辄叹曰："蛮夷猾夏，寇贼奸宄，虽帝世不能无也。然明良率作，修其本以胜之。今也机轴转移，竟何如哉，竟何如哉！"江湖之忧，形诸钞中者深矣。及佐七八龄，教以数与方名。偶弄笔作河洛点画，见之，喜溢眉宇，遂遣就外傅。今恭阅是编，音容如在，感念罔极，为之愀然。因书《目录》后，以示子孙，尚宝藏之。嘉靖癸卯秋八月既望，奉直大夫、春坊右谕德兼翰林院修撰、嗣孙佐顿首百拜谨书。

卷第一

圣 瑞 火 德

太祖高皇帝功德福祚，超越邃古，贞应之符，有开必先，自尧、舜以来，未有若是之盛也。初，皇考仁祖淳皇帝居濠州之钟离东乡，皇妣淳皇后陈氏尝梦黄冠馈药一丸，烨烨有光，吞之，既觉，口尚异香，遂娠焉。及诞，有红光烛天，照映千里，观者异之，骇声如雷。天历元年戊辰九月十有八日丁丑日昳时也。河上取水澡浴，忽有红罗浮来，遂取衣之，故所居名红罗幛。邻有二郎神庙，其夜火光照耀，及天明，庙徙东北百余步，自是室中常有神光。每向晦将卧，忽煜爚若焚，家人虑失火，亟起视之，惟堂前供神之灯耳。帝王之生，必有圣瑞，章章如此。及讨元狄，旗帜、战帽、袄裙，皆用红色，盖以火德王，色尚赤故也。既葬仁祖、淳后之明年，为至正乙酉，淮楚间童谣曰："富汉莫起楼，穷汉莫起屋。但看羊儿年，便是吴家国。"至即吴王位，元年丁未，即羊儿年也。明年戊申，建元洪武，六月壬寅，彰德路天宁寺塔忽变红色，自顶至踵，表里透彻，如煅铁初出于炉，上有光焰迸发，自二更至五更乃止，癸卯、甲辰亦如之。先是河北有童谣云："塔儿黑，北人作主南人客。塔儿红，朱衣人作主人公。"其应如此。未几，元主北遁，而天下一统矣。又仁祖先家泗州盱眙，有第一山，元人文若题诗其上曰："汴水东流过旧京，恢图妙算入皇明。暂携诸将停归骑，来看中原第一城。"诗作于元，而"皇明"之句又与国号相符。然则圣皇之兴，所以开亿万年无疆之休者，夫岂偶然之故哉？

讲 经 兴 感

丞相忠勤伯汪朝宗广洋，乙未岁以儒宿被召为令史，累除照磨、正军、都谏司都谏。事太祖于草昧之初,谏行言听。及有天下,召入中书,封伯爵,寻与胡惟庸并承爱立之命。其所著诗集名《凤池吟稿》,有《奉旨讲宾之初筵诗》,叙曰:"臣梁贞用古诗三百十一篇,辑成巨帙,进供睿览。元之秦先生、良卿周先生侍坐,上躬亲检阅,以《宾之初筵》一诗,命臣广洋直言讲解。顾念学问迂疏,曷足发扬古作者之微旨?据经引注,敬为演绎,上亦为之兴感,乃曰:'卫武公,一诸侯也,九十衰耄,尚能令人作诗自儆,复令人朝夕讽咏,期于不忘。矧今以可为之年,当有为之日,何不激昂黾勉耶?'仍命臣广洋缮写数十本,颁赐文武大臣,俾揭于高堂,欲常接乎目、应乎心,以古贤侯为自期。视武公初意,尤昭著而浃洽矣。"观其所叙,盖在为都谏时也。圣祖当兴王之时,崇尚经学,非徒悦之于心,即欲见之于行,而又上下交相儆励如此,真可为万世劝讲之法也。梁贞者,浙江耆儒,后官至太子宾客、国子祭酒。秦元之,名从龙,元御史,寓镇江。周良卿,不知何许人。相传初渡江时,聘秦、周、丘三老,待以客礼,有谋则召之。惜丘逸其名。

御 制 逸 诗

太祖高皇帝在军中,喜阅经史,操笔成文,雄浑如元化自然。尝谓侍臣曰:"我起草野,未尝师授,然读书成文,涣然理顺,岂非天生邪!"见于《御制文集》者,可概见已。今得逸诗二首。

《赐都督杨文》云:"大将南征胆气豪,腰悬秋水吕虔刀。马鸣甲胄乾坤肃,风动旌旗日月高。世上麒麟终有种,穴中蝼蚁更何逃。大标铜柱归来日,庭院春深庆百劳。"

《赐善世法师文彬凤阳行》云:"老禅此去正秋时,临淮水碧见苍眉。月明淮海镜清影,广寒处处影常随。水帘洞口溪云白,知是山人爱游客。淮海月高天气凉,西风凋叶衬长陌。清霜将降雁鸣天,淮之南北尽平川。荆山神禹凿,役使多幽玄。禅心若欲与对越,切莫将心恋丹阙。野人本与红尘隔,且去溪边弄明月。"声律醇正,音响清越,真所谓昭回之光,下饰万物,虽工于唐者万不逮也。

醉学士诗歌

洪武八年秋八月甲午，上览川流之不息，陋尹程《秋水赋》言不契道，乃亲更为之。赋成，召禁林群臣观之，且曰："卿等亦各撰赋以进。"宋濂率同列研精覃思，铺叙成章，诣东黄阁次第投献。上皆亲览焉，复置品评于其间。已而赐坐，敕太官进天厨奇珍，内臣行觞。觞已，上顾濂曰："卿何不尽饮？"濂出，跽奏曰："臣荷陛下圣慈，赐臣以醇酎，敢不如诏？第臣年衰迈，恐不胜杯杓，志不慑气，或愆于礼度，无以上承宠光尔。"上曰："卿姑试之。"濂即席而饮。将彻，上复顾曰："卿更宜嚼一觞。"濂再起，固辞。上曰："一觞岂解醉人乎？卒饮之。"濂举觞至口端，又复瑟缩者三。上笑曰："男子何不慷慨为？"对曰："天威咫尺间，不敢重有所渎。"勉强一吸至尽，上大悦。濂颜面变频，顿觉精神退漂，若行浮云中。上复笑曰："卿宜自述一诗，朕亦为卿赋醉歌。"二奉御捧黄绫案进。上挥翰如飞，须臾成楚辞一章，曰："西风飒飒兮金张，特会儒臣兮举觞。目苍柳兮袅娜，阅澄江兮水洋洋。为斯悦而再酌，弄清波兮永光。玉海盈而馨透，泛琼罶兮银浆。宋生微饮兮早醉，忽周旋兮步骤跄跄。美秋景兮共乐，但有益于彼兮何伤。洪武八年八月七日午时书。"濂既醉，下笔欹倾，字不成行列。甫缀五韵，上遽召濂至，命编修官朱右重书以遗濂，遂谕濂曰："卿藏之以示子孙。非惟见朕宠爱卿，亦可见一时君臣道合，共乐太平之盛也。"濂五拜叩首以谢。上更敕侍臣应制赋《醉学士歌》者四人，考功监丞华克勤、给事中宋善、方徵、彭通。闻而续赋者五人，秦府长史林温、太子正字桂彦良、翰林编修王琏、张唯、典籍孙蒉。彭与孙皆吾广人也。

春王正月辩

国初新安赵东山先生汸著《春秋诗说》，述其师黄楚望泽《春王正月辩》曰："春王正月，此不过周之时周之正月。而据文定，则春字是夫子特笔，故曰以夏时冠周月。又谓夫子有圣德，无其位，而改正朔，如此则正月是夫子所改。蔡九峰则谓周未尝改月，引《史记》冬十月为证，如此则时或夫子所移易。以此说夫子，岂不误哉！泽之愚见，只是依据三传及汉儒之说，定以夫子《春秋》，是奉王者正朔以建子为正，此是尊王第一义，决无改易。其答颜子行夏之时，乃是为万世通行之法，非遂以之作《春秋》也。凡王者正朔，所以统壹诸侯，用之纪年，用之朝会，若民事，自依夏时。后来，汉武、魏文帝始定用夏时，是行夫子之言也。合只就经文举所书月，以证改时改月。如庄公二十有三年夏，公如齐观社。此周之四月也，当夏正建卯之月，则改时改月甚明，其证一也。僖公三年六月雨。若用夏正，则六月乃建未之月，则春不得耕、夏不得种，若是建巳之月，得雨可以耕种，则于农事无妨，故此年不书旱、不书饥，明是周正，其证二也。哀公十四年春，西狩获麟。冬猎曰狩，此是子丑月，故书狩。主夏正者，谓非时而狩，所以为讥。泽以为既不书公狩，又不书狩之地，乃虞人修常职，本不应书，所以书者，为获麟耳，决不可强以为贬，其证三也。盖周以建子之月为春，终是不正，故夫子思行夏之时也。”同时有程氏_{端学}者，著《春秋或问》，略曰：“周不改时，惟改子月为正岁，故《周官》曰正月之吉始和。正月者，月之始也。夏正，建寅之月也。吉，朔日也。始和者，气候初温和也。三阳为泰，和可知也。若建子之月，则天地闭藏，冰冻地坼，谓之始和，可乎？正岁者，岁之始也，周以子月为岁首，夏正建子之月也。《凌人之职》：正岁十二月令斩冰。言正岁在十二月之前者，以十一月为岁首也。下文春治鉴、夏颁冰、秋刷，不言冬者，正岁即仲冬也，斩冰即季冬也。周不改时，于此可见。《杂记》：孟献子曰：‘正月日至，可以有事于上帝。七月日至，可以有事于祖。’七月而禘，献子为之也。孟子谓麰麦播种而耰之，其地同，至于日至之时皆熟，以此知日至之义，不可专以冬至夏至论也。郑氏《周官注疏》以正月为周正月，以正岁为夏正月，其说误矣。自《左传》一失以春王正月为周王正月，孔、郑再失以周正说《诗》传《书》，杜元凯三失撰为《长历》，以从《左传》之讹。自是以来，千有余年，诸儒议论胶固，未能致辩于此。迨伊川谓《春秋》假天时立义，胡文定传《春秋》，祖述其说，谓夏时冠周月。夏时则寅卯辰为春月，周月则子为岁首，时自时，月自月，不相为谋。春王正月果如是乎？"予按，两说亦各可通。文定以春为夏正建寅，而非建子可也。以月为周之月，则时与月异，朱子所谓月与时常差两月，《谷梁》直以春为岁之始，虽建子亦可为春，犹子时为日之始也。《逸周书》曰："夏数得天，百王所同。我周改正易械，以垂三统至于敬授人时，巡狩烝享，犹自夏焉。"故《周官·大司马》："中春教振旅，遂以蒐田；中夏教茇舍，遂以苗田；中秋教治兵，遂以狝田；中冬教大阅，遂以狩田。"按，中春，卯月也；中秋，酉月也。周礼监于二代，故用夏时也。桓公四年春正月，公狩于郎。昭公十一年夏，大蒐于比蒲。以中冬为春而狩田，以中春为夏而蒐田，此周月也。以子月为正月，所谓正朔也。鲁史纪年，必以是为始，而蒐狩用周月，不从夏时，故夫子告颜渊曰："行夏之时。"终觉周月以子为春之不正耳。在他经可以用夏时，而《春秋》纪事，必用周正。据师说三证，则周人改时改月，断可知矣。

宋 元 通 鉴

　　四明陈桱尝事张士诚为编修，国初征为修撰，进直学士。尝作《宋鉴纲目》二十四卷行于世，笔入其先世数事，曰："户部尚书显者，尝论蔡京之奸，不复仕。显孙曰吏部尚书伸，上章辨伪学，谏韩侂胄北伐，遂致仕。伸子曰工部尚书德刚，请复济王官爵，端平中，左迁而卒。德刚子曰太学博士著，上书论贾似道奸邪，出判临安府。"桱即著之孙也。成化中，建阳知县张光启《续通鉴节要》，尽去桱之缪，而并元史入焉。惜其当详者略，当略者详，谬误尤多。如"圣宋非强楚，清淮异汨罗。平生仗忠信，尽室任风波。舟楫颠危甚，蛟鼋出没多。斜阳幸无事，沽酒听渔歌"。此范仲淹赴桐庐郡至淮上遇风所作也，而《宋鉴》以为唐介诗，且改"强"为"狂"，"尽室"为"今日"，"蛟鼋"为"鱼龙"，可谓谬误之甚者。《元鉴》亦然。徐世隆《哭文丞相》诗，乃以为王磐。又如宋世三元者凡四人，孙何、王曾、杨寘、冯京是已，顾又不载何、寘而以宋郊厕焉。稽诸《文献通考》，郊登第之科，省元吴感，而谓乡举南省廷试皆第一，何耶？又如元泰定帝太子名阿速吉八，而以为王禅。王禅，盖梁王也。若此之类最多，姑举其显著者耳。夫诗章姓名，浅近易纪，而犹谬误，则事涉暧昧者，当何如邪？此太祖、明宗之死，所以为千载不决之疑也。

何左丞赏罚

东莞谢用宾_京录何左丞_真遗事言："至正十五年，邑民王成、陈仲玉构乱，各称相公。真请于行省，举义兵除之。真躬擐甲胄，往擒仲玉以归。成筑寨自守，乃使其弟迪、骁将黄从简、高彬等顿兵围之，久之未下。真第三子贵曰何三舍者，与从简皆勇而有谋，素相合。从简力请贵同往，密为表饵之术，成奴曰阿巢者、甘焉。时真下令募人能缚成者钞十千，于是奴遂伺间缚成以出。真见而释之，引置上坐，笑谓曰：'公奈何养虎遗患？'成掩面惭谢曰：'始以为猫，孰知其虎？'奴求赏，如数与之，使人具汤镬烹奴，且驾诸转轮车，人推之，又数人鸣鼓督奴，使号于众曰：'四境毋如奴缚主，以罹此刑也！'又数人鸣钲督奴妻嘘火，奴一号，则群应之曰：'四境有如奴缚主者视此！'于是人服其赏罚有章，以为光武待苍头子密，不能过也。真自是益有功，颇自矜，从简多所规益。李质据有岭西，真欲并之，以从简谏而止。后归降，封东莞伯。"余高祖讳从简，元末以保障功官至宣慰副使。家传缺略，得谢所录而后知其详，因收入焉。予祖母关氏，南海山南人，虽出巨族，能服勤习俭。自洪武壬申称未亡人，足不出阃。尝谈先世行事，谓高祖保全李元帅，正谓此。永乐癸未仲冬，民舍大火，将及所居，他物不遑携，惟持谱牒拥蔽其面，吁天哀号，风反火回，得免煨烬。今家乘得存，祖母之功也。

风 林 壬 课

风林先生朱学士允升_升，徽之休宁人。博综群书，皆有旁注。至于数学卜筮，靡不精究。早从资中黄楚望_泽游，偕同郡赵汸受经，余暇，遂得六壬之奥。偶访友人，见案上置四合，戏谓："君能射覆乎？

中则奉之，否则为他人饷也。"允升更索一合，书射语，亦合而置之，曰："少俟则启。"适有借马者，友人令仆于后山牵驴应之。允升即令一时俱启，前四合皆鱼也，射语云："一味鱼，两味鱼，其余两味皆是鱼。有人来借马，后山去牵驴。"宾主为之绝倒。徙居歙之石门，馆于临河程氏，教其子大。大为继母所苦楚，几于骊姬。一日告允升曰："大不聊生矣。"遂自经。后允升梦大至其室，适报生子，允升因名之曰同，字大同，且课之曰："此子后必遭妇人之祸。"寻于所居山前创盖草舍数十间，乡人怪之，指以为问，允升曰："后或车驾临幸，休军旅于此尔。"丁酉秋，天兵下徽，高皇帝素知允升名，提兵过之，果令军士休其下。允升既被召问，对曰："高筑墙，广积粮，缓称王。"上大悦，遂预帷幄密议，问所愿欲，曰："请留宸翰，以光后圃书楼。"上亲为书"梅花初月楼"以赐之。临行，更问之，允升踧而泣曰："臣子同后得全躯而死，臣在地下亦蒙恩不浅矣。"后吴元年，拜翰林国史院侍讲学士、中顺大夫、知制诰、同修国史，诰词曰："眷我同姓之老，实为耆哲之英。"其见亲礼如此。洪武改元，告归省墓，时年逾七十，致仕归，卒年七十二。子同仕至礼部侍郎，善诗翰，大被宠遇，禁中画壁多其题咏，或令题诗赐宫人。忽御沟中有流尸，上疑之，将杀同，因念允升之请，令其自经。壬课精妙，一至于此。允升，前元甲申江浙行省乡试第二人，戊子赴都省试下第，授池州学正，壬辰任满还家。其事圣祖，以讲究大礼仪制取用云。

嘉　瓜　祥　异

　　洪武五年夏六月，应天府句容县民张縠宾家园产瑞瓜，同蒂骈实，以献。高皇帝喜曰："灵贶之臻也。"宴赉之御制《嘉瓜赞》，祝其世生公侯。人以谓张氏致此，必昌且大。居无何，邑人有与其弟縠恭同姓名者，坐事自经死，有司掩捕其弟以塞责，縠宾走诉阙下，或戒之曰："诉之且得重罪。"不听，诉之，并就执。縠恭恸曰："我被诬有司，命也。兄何为者?"縠宾曰："吾赴弟之难，奚悔焉?"卒俱死，籍其家，人伤冤之。縠宾妻胡氏与其三子伯逮、伯安、伯启，皆谪戍崇山。伯迨寻调赤水,卒。伯安留其弟养母,躬往继成焉。既去,而母亦卒,人益伤之。伯安有子谏,后登进士,擢御史,人以为理复其常。然流离颠顿,亦已甚矣。瑞瓜致异,乃至于此。由是观之,人家兴衰,固不系乎草木以为灾祥也。

文 华 堂 肄 业

洪武六年,诏天下乡贡举人罢会试,于是开文华堂禁中,为诸俊秀肄业之所。堂去奉天门不百武,车驾尝幸临之,命选举人年少质美者,肄业其中。正月初八日,河南解额内选四名:其第一人张唯,年二十七,永丰儒籍,寓南阳府兰阳县;其次王辉,年二十八,祥符县人;李端,年二十一,怀庆府河内人;张翀,年二十七,洛阳人。上召见便殿,亲命题赋诗,称旨,皆擢翰林国史院编修,赐冠带、衣服、靴袜。二十三日,山东解额内选进五名:其第三人王璇,年二十三,济南府长山县人;次则张凤,年二十八;任敬,年二十六,俱淄川县人;陈敏,年二十三;马亮,年二十五,俱棣州人。召见、赋诗、授官、赐予,亦如之。于是,唯等受命入堂中读书,诏词林名臣分教之。太子赞善大夫宋濂、太子正字桂彦良等与焉。上谓曰:"昔许鲁斋诸生,多为宰辅,卿其勉之。"于是,听政之暇,辄幸堂中,取其文,亲评优劣,命光禄日给酒馔。每食,皇太子、亲王迭为之主,唯等侍食左右。冬夏赐衣,时赐白金、弓矢、鞍马,宠锡甚厚。濂辈虽司启迪,顾诸生皆上所亲教,不敢以师道自居。一日,侍燕间,询及肄业孰进益,濂对曰:"无如张唯者。"因备述其隽才,请录为弟子员,上笑而许之。盖同时进者,凡十有七人,所可知者,此九人耳。三月初四日,上命应奉殷哲、赵震暨唯等回家祭祖,皆摄监察御史以行,寻还任。又选成均之秀入武英堂,俾练习政事。蒋学、方徵、彭通、宋善、王惟吉、邹杰等皆拜给事中,礼遇虽未及唯等,然侍从车驾,应制被顾问,未始异也。其后多出为参政,惟张翀愿就南阳府学教授。时禁筵宴把盏换盏,谓之胡俗。马亮为河南参政时,信国公汤和经过,陪饮,离席把盏,和叱亮出,对众责喻,以违礼禁罚之。张凤为广西参政,与同官蒋学、按察副使虞泰、金事李湜相与燕饮，交互换盏，醉后致争，遂蹈刑宪。其事不约而同。礼部移文，戒敕百官，乃洪武十二年三月也。圣祖眷遇之厚，千载一时。诸人乃无能以功业自见者，有君无臣，不能不令人感叹也。《水东日记》以王琏为姑苏人，盖误云。

尊 孔 卫 孟

国初，象山钱惟明_{唐者}，貌魁梧，善饮啖，居尝以豪杰自负。元末天下大乱，隐居，年将六十。见国朝一统，乃诣京师，敷陈王道，献长诗一章，称旨，即拜刑部尚书。洪武二年己酉，诏："孔子，惟国学春秋释奠，天下不必通祀。"唐上疏言："孔子百王宗师，先儒谓仲尼以万世为土，宜令天下通祀。报本之礼，不可废也。"上从其议。上尝览孟子至土芥寇仇之说，大不然之，谓非臣子所宜言，议欲去其配享。诏有谏者以不敬论，且命金吾射之。唐抗疏入谏，舆榇自随，袒胸受箭，曰："臣得为孟轲死，死有余荣。"上见其剀切出于至诚，命太医院疗其箭疮，而孟子配飨得不废。一日，召讲《虞书》，陛立而讲，或纠唐草野不知君臣礼，唐正色曰："以古圣王之言陈于陛下，不跪不为倨。"常谏宫中不宜揭武后图，忤旨，待罪午门外终日。上悟，赐饭，即命撤图。唐之论谏，尊孔卫孟，正色立朝，于是乎有可称矣。

贵 妃 礼 制

洪武中，成穆孙贵妃薨，诏东宫服齐衰杖期。懿文曰："在礼，惟士为庶母服缌，大夫以上则无服。陛下贵为天子，而臣为庶母服缌，非所以敬宗庙、重继世也。"上怒，太子正字桂彦良持衰衣之，懿文服以拜谢，遂著为礼制。甲子九月，孝慈皇后丧既除，册李氏为皇淑妃，燕赐百官有差，郭氏亦进号皇宁妃，没而服衰，以母视之。册而兼皇，以君视之，别嫌明微以正内也。李氏，凤阳寿州人，父杰，洪武初以广武卫指挥北征阵亡。见《刘学士集》。

礼 仪 尚 左

圣祖初起兵,犹用元制。甲辰正月,江南行省群臣奉上为吴王,以李善长为右相国,徐达为左相国。吴元年丁未十月丙午,命百官礼仪俱尚左,改善长为左相国,达为右相国。《礼记·玉藻》曰:"听乡任左。"注云:"凡立者尊右,坐者尊左。侍而君坐,则臣在君之右,是以听向皆任左以尊君。"想当时二人侍上,坐必任左可知。今中原及北方主宾相揖立时,以右为尊,就坐以左为尊,甚得礼意,由近辇毂故也。

禁 水 火 葬

圣祖尝与学士陶安登南京城楼,闻焚尸之气,恶之。安曰:"古有掩骼埋胔之令,推恩及于枯骨。近世狃于胡俗,或焚之而投骨于水。孝子慈孙,于心何忍?伤恩败俗,莫此为甚。"上曰:"此王道之言也。"自是王师所临,见枯骸,必掩埋之而后去。洪武三年,禁止浙江等处水葬火葬。中书省礼部议,以民间死丧,必须埋葬,如无地,官司设为义冢,以便安葬,并不得火化,违者坐以重罪。如亡殁远方、子孙无力归葬者,听从其便。刑部著之律令。斯法也,我圣祖可谓体天地之仁矣。

宋 复 元 仇

胡元灭宋于厓山,其祸烈矣。帝㬎既降,封瀛国公,史莫究其终。然在燕八年,因杀文丞相,始给衣粮,则是未给之先,冻馁可知,其意未尝欲其生也。后为僧,号合尊,有子完普,亦为僧,俱坐说法聚众见杀。其母舅吴泾全翁,梦二僧曰:"我,赵㬎也,被虏屠害,已诉诸上帝,许复仇矣。"已而中原大乱,韩山童自称宋裔,烧香煽妖言:孔雀明王出世。既败死,至正十五年二月,刘福通等迎其子林儿,称宋帝于亳县。其地旧有明王台，因以为坛，遂号小明王，改元龙凤。二年下江南，三年开江南行省，以吴国公为大丞相。卒启我大明以灭元者，宋也。楚南公曰："楚虽三户，亡秦必楚。"其后倡义伐亡道秦者，为张楚之陈涉。楚将项燕，立怀王孙心，号义帝。沛公乘之，卒以灭秦。汉祚迄于帝禅，禅实降于司马昭柄魏时，卯金弗祀，晋实为之。刘渊既僭称汉帝，执辱怀愍。而自言汉裔，终篡晋位者又刘裕也。李唐本支，尽歼于朱温，其子孙不能报，而李存勖报之，是为唐庄宗。温父子仅十余年，宫潴庙烬，而神尧文武，祀于南唐，乃与五代相终始。宋复元仇，大抵相类。呜呼！天岂梦梦者邪！

朝 云 集 句

洪武中，西庵孙典籍仲衍赟，号岭南才子，工于集句，叙所作《朝云诗一百韵》，语多不录，录其叙，盖传奇体以资谈谑尔。叙曰："庚戌十月，余与二客自五仙城泛舟游罗浮。道出合江，访东坡白鹤峰遗址。还，舣舟西湖小苏堤下，夜登栖禅寺，留宿精舍。时薄寒中人，霜月如昼，山深悄无人声，二客醉卧僧榻上，余独散步东廊。壁光皎洁若雪，隐约有字，急呼小奚童篝灯读之。字体流丽飞动，似仿卫夫人书法。诗凡十首，皆集古语而成者。其一曰：'家住钱塘东复东，偶来江外寄行踪。三湘愁鬓逢秋色，半壁残灯照病容。艳骨已成兰麝土，露华偏湿蕊珠宫。分明记得还家梦，一路寒山万木中。'其二曰：'妾本钱塘江上住，双垂别泪越江边。鹤归华表添新冢，燕蹴飞花落舞筵。野草怕霜霜怕日，月光如水水如天。人间俯仰成今古，只是当时已惘然。'其三曰：'三生石上旧精魂，化作阳台一段云。词客有灵应识我，碧山如画又逢君。花边古寺翔金雀，竹里春愁冷翠裙。莫向西湖歌此曲，清明时节雨纷纷。'其四曰：'东望望春春可怜，江篱漠漠荇田田。绕篱野菜飞黄蝶，糁径杨花铺白毡。云近蓬莱长五色，鹤归华表已多年。梦回明月生南浦，泪血染成红杜鹃。'其五曰：'浮云漠漠草离离，泪湿春衫鬓脚垂。秋水为神玉为骨，芙蓉如面柳如眉。钟随野艇回孤棹，蝉曳残声过别枝。青冢路边南雁尽，问君何事到天涯？'

其六曰：'身前身后事茫茫，恼断苏州刺史肠。猿带玉环归后洞，君骑白马傍垂杨。鹤群长绕三珠树，花气浑如百和香。惭愧情人远相访，为郎憔悴却羞郎。'其七曰：'孤月无情挂翠峦，金炉香烬漏声残。云收雨散知何处，鬓乱钗横特地寒。去日渐多来日少，别时容易见时难。明朝有约谁先到，青鸟殷勤为探看。'其八曰：'杏花疏雨立黄昏，金屋无人见泪痕。短鬓欲星愁有效，此身虽异往常存。关门不锁寒溪水，环珮空归月夜魂。倚柱寻思倍惆怅，夜寒皴玉倩谁温？'其九曰：'万紫千红总是春，登临一度一思君。舞低杨柳楼心月，香沁梨花梦里云。风景苍苍多少恨，阴虫切切不堪闻。思君今夜肠应断，书破羊欣白练裙。'其十曰：'零落残魂倍黯然，一身憔悴对花眠。南园绿草飞蝴蝶，落日深山哭杜鹃。天若有情天亦老，月如无恨月长圆。此声肠断非今日，风景依稀似往年。'其后复书罗浮王仙姑月夜过此有感而赋。余惊曰：'此非仙语，乃人间意态也。'方欲再谛视，而灯为北风所灭，月亦烟晦，林木淅沥作山鬼声。余毛发森竖，不敢久立，即还室掩户，踉蹡而卧。梦一美人，上衣红绡，下衣系荷丝裙，从花阴中来，年可二十六七，奇葩逸丽，光夺人目，风鬟雾鬓，飒然凄冷，殊不类人世中所见者，仿佛若有金支翠蕤导从其前后。隔竹先闻歌声，似吴人语。余侧足倾耳，竦身听之，则悠扬宛转，欲断还续，半空松柏作笙箫声，助其清婉，而蛰蚓唧唧，若为之击节也。其词曰：'舞衫歌扇旧因缘，万事伤心在目前。云物不殊乡国异，夭桃窗下背花眠。烟笼寒水月笼沙，谁信流年鬓有华。燕子衔将春色去，梦中犹记咏梅花。青山隐隐水迢迢，客梦都随岁月消。惟有别时今不忘，水边杨柳赤阑桥。杜陵寒食草青青，长诵《金刚般若经》。雨冷云香吊书客，梦中同蹋凤凰翎。远上寒山石径斜，宫前杨柳寺前花。红颜未老恩先断，莫怨东风当自嗟。与君略约说杭州，山外青山楼外楼。屈指别来经几载，愁心一倍长离忧。旅馆寒灯夜不眠，湘波冷浸一枝莲。何时最是思君处？月落乌啼霜满天。欲写愁肠愧不才，依稀犹记妙高台。问余别恨知多少，巴蜀雪消春水来。紫烟衣上绣春云，一树繁花对古坟。辛苦无欢容不理，半缘修道半缘君。春愁冉冉带余醒，珍簟银床梦不成。知子远来深有意，酷怜风月为多情。光阴卒卒一飞梭，怨入东风芳草多。旧枕未容春梦断,秦云楚雨暗相和。身前身后思茫茫,秋菊春兰各吐芳。惭愧情人远相访,为郎憔悴却羞郎。'歌已,复续拗体诗三首:'白袷玉郎寄桃叶,金鞍骏马换小姿。翠眉蝉鬓生别离,南园绿草飞胡蝶。野棠开尽飘香玉,细柳新蒲为谁绿?忽忽穷愁泥杀人,逢人更唱相思曲。瞿塘嘈嘈十二滩,绕船明月江水寒。欲随郎船看明月,游丝落絮春漫漫。'其声哀而不伤,怨而有容,叠叠而不穷,如孤凤之鸣梧桐,雌龙之吟水中也。歌阕,余不觉泣下,亟趋见之,环珮余音,犹泠然也,谓余曰:'妾,钱塘歌者,眉山苏长公姿也。'言讫,不见,余亦惊觉,询之寺僧,则曰:'寺南有王氏朝云之墓,今数百年矣,或其余魄也邪?'余怛然自失,酹以椒浆云。"

卷第二

国 初 三 都

洪武元年八月，诏以大梁为北京，金陵为南京。南京既立宗社、建宫室、定朝市，北京有司次第举行。三年改临濠府为中立府，定为中都。筑新城，在临濠府旧城西二十里。于新城内营皇城，皇城内有万岁山，南有四门，曰午门、玄武、东华、西华，建宫殿、立宗庙太社，并置中书省、大都督府、御史台于午门东西。新城门十有二，洪武、朝阳、玄武、涂山、父道、子顺、长春、长秋、南左甲第、北左甲第、前右甲第、后右甲第。于洪武门外立圆丘，于左甲第门外立方丘，与南北二京为三都。其后，北京罢不建。七年十月，改中立府为凤阳，徙府治于新城，即旧会同馆为之。赐名凤阳府者，以在凤凰山之阳也。迨永乐中建北京于燕，竟成圣祖之志，而三都备矣。昔汉光武以南阳旧宅为南都，故张衡作三赋，《西京》、《东京》、《南都》是也；近世李学士_{时勉}、陈侍讲_{敬宗}皆作《北京赋》，而南京、中都反不之及，岂所以阐扬洪业、昭示万世者与？后有作者追踪周《雅》，歌咏岐、周、丰、镐之义，虽赋三都可也。

中 都 阅 武

蜀献王，讳椿，高皇帝第十子也。最有贤德，博通经艺，旁及内典，上所钟爱。既封，呼为蜀秀才。洪武十八年冬十月，命王阅武于中都，长史太原王仲礼等随侍。盖中都乃上故乡，实龙兴重地也。王至中都，首辟西堂，以读书自娱。阅武余暇，日与儒生探赜经史，商榷异同，沉潜玩味，殆忘寝食。时翰林编修李叔荆掌中都国子监事，大被亲宠。明年，揭"忠孝为藩"四大字以自警。又明年四月，召诗文名僧来复，与之讲论，因谕作四箴以自警，曰《正心》、曰《观道》、曰《崇本》、曰《敬贤》,来复为之箴焉。又明年戊辰春,建宝训堂于殿之西,尊奉祖训录于中,先代帝王大经大典,咸列于左,亦令来复记之。会叔荆被命与前编修致仕苏伯衡为会试主考,伯衡告归金华。王召之至中都,入见西堂,馆于国学者逾月,讲道论文,殆无虚日。且又劝学延师,给以廪食,教育扈卫百官子弟之俊秀者,俾各有成立。上闻而益爱之。二十二年己巳春,遣使召还,其年遂之国云。来复,字见心,豫章人,有《蒲庵集》。国子祭酒李鸿渐、司业刘丞直皆求为记。师儒且然,其重名可知矣。

朝 会 纪 事

北平刘宪副崧自纪朝会事云:"洪武六年秋,予承乏副北平宪。迨九年闰九月,幸及一考,以十一月赴觐。明年正月至京,则朝廷更制,内外官率九年为任。又闻有旨召各道按察司官,以三月会京师,予以留滞道次弗知也。是月十有一日,予赍所书事迹赴考功监投进。监在奉天门之西南上,其导之进者则殿廷仪礼司正也。越三日,吏部尚书王敏于大本堂启云:'北平按察司副使刘崧,以考满至京,未经注代,俾往复任。今宣谕在迩,宜令听候者,东宫可之。'越二月十八日,佥事阎裕等,至自四川。未几,广东西道及凡任各道司官者,皆次第至。二十七日,北平佥事徐叔铭、经历王敬修、知事俞思敬,与山西副使杨基、江西副使周凯、山东副使张孟兼等,又皆至。又明日,监察御史权河南司官董哲,与浙江廉使余奎等又最后至。皆集于会同馆,凡四十有九人。其始至,皆斋沐,具朝冠朝服,以次日早引奏如仪,行朝觐礼。至是,始齐同焉。前期,仪礼司正戒各道官率所属入听宣谕,乃二十九日早朝。既退,众各常服,俟于阙门之西外。时中书丞相胡惟庸、大都督府官毛某、御史台左大夫汪广洋、右大夫陈宁,皆先入,文武百官从之。既而司正引众班,循阙右西侧门以入奉天门,复由门之右掖进奉天殿下,叙列于丹墀之西以俟。俄而,中使趣召,知上已升殿矣。司正与序班导众由殿右历西阶折而东行,遥望见金刺纹团凤扇夹御座,正南面北位,乃循殿廷西南,遂班于正南,北面立。最在前者,廉使一人,次则副使四人,广西佥事颜继先、陕西佥事韩宜可等数人与经历等四十四人,作重行立,又次其后。奉天殿新成,土木疏朴,未甃饰也。上冠通天冠,御白袍,负山字金漆素木屏风,据金椅,下施苇席焉。天颜清怡,玉音畅亮,宣谕丁宁,继以戒敕。特命户部尚书偰斯以官段四表里赐余奎,赏其前在山东时实封言事剀切云。宣谕毕,众惶恐再拜叩首谢而退。又明日,为三月朔旦,司正具戒入辞,众复具朝冠服,随序班先俟立于奉天殿之前墀。上既升御座,司正以闻,乃就位,赞拜。礼毕,趋退,由奉天门。未竟,有旨召复入,而前行者已出,赴仪礼司收服矣。后行者闻命,将复入,不可,乃亟出易服,仍群趋以入。时工匠方集殿墀,颇喧杂,上厌之,乃徐步出殿门,降庭陛以临于丹墀,将坐,见臣等且还至,乃直南趋出奉天门,度金水桥。又趋午门以出,至御街中甬道而坐。百官卫士,环拥后先,而仪仗严肃特甚。众俯伏,喘汗战栗,不知所为。上始若色怒,久之,乃言曰:'若等知朕所以谕之意否乎?今天下太平,有司膺名秩食俸禄甚厚,而民隐未尽昭恤,使朕之耳目弗究于下者,非若等责欤?惟是新制,九年考绩,若等其各还司,以纠以察,慎乃宪度,大者以闻可也。毋玩民事,毋干天纪,使后此能复见朕,则若等为奉职矣。'是日,圣训谆复,视前日尤严切焉。拜辞礼毕,上将起,复立而申饬者再四。暨返驾,将入午门,忽返顾曰:'若等其偕来。'上既入,乃自东阤以登于观,上遂入坐南殿,群臣登自西阤,遂列憩于殿之右掖,陈几席焉。云有旨赐膳。既而光禄寺设馔,酒三行,进膳毕。司正奏按察司官谢赐膳,敕免谢,乃退。诣中书省及府台以次辞谢而出。又明日,赍兵部符验,出金川门,赴龙江驿,次第起船以归,实是月之四日也。舟行凡十有九日,始达北平。追录前所会宪官之爵里姓字为一帙,以识好会也。"圣祖之亲近外台、戒敕谆至如此,天下安得不治?然礼制近古,迥与今异,故录之以备考云。

西 域 历 书

《汉·律历志》曰:"三代既没,五伯之末,史官丧纪,畴人子弟分散,或在夷狄。"夷狄之有历,亦自中国而流者也。然东夷、北狄、南蛮,皆不闻有历,而西域独有之,盖西域诸国当昆仑之阳,于诸夷中为得风气之正,故多异人。若天竺梵学、婆罗门伎术,皆西域出也,自隋唐以来,已见于中国。今世所谓《回回历》者,相传为西域马可之地,年号阿剌,必时异人马哈麻之所作也。以今考之,其元实起于隋开皇十九年己未之岁。其法常以三百五十日为一岁,岁有十二宫,宫有闰日,凡百二十有八年闰三十有一日。又以三百五十四日为一周,周有十二月,月有闰日,凡三十年闰十有一日。历千九百四十一年,而宫月甲子再会,其白羊宫第一日。日月五星之行,与中国春正定气日之宿直同。其用以推步分经纬之度,著陵犯之占,历家以为最密。元之季世,其历始东。逮我高皇帝之造《大统历》也,得西人之精乎历者,于是命钦天监以其历与中国历相参推步,迄今用之。今按,岁之为义,于文从步从戌,谓推步从戌起也。白羊宫于辰在戌,岂推步自戌时见星为始故与?御制文集有授翰林编修马沙亦黑、马哈麻敕文,谓"大将入胡都,得秘藏之书数十百册,乃乾方先圣之书,我中国无解其文者。闻尔道学本宗,深通其理,命译之。今数月,测天之道,甚是精详。时洪武壬戌十二月也"。二人在翰林凡十余年,岂所译者即此历书与?当俟知者考诸。

<h1 style="text-align:center">国 子 试 魁</h1>

洪武甲子,重定科举之制,即今三场程式也。是科京闱,国子监生为魁,且中者居半。九月,圣祖命礼部尚书任昂各出榜于原籍,以荣耀之。自此科举日重,非由此进者不至大用矣。次年乙丑会试,翰林待诏朱善、前助教聂铉为考试官,取中式四百七十二人。黄子澄第一,练子宁次之,皆监生也;第三名花纶,乃浙江新解首,自余监生前列者多。上喜甚,升善为文渊阁大学士。欲用铉,铉固辞,乞教谕俸,许之。及殿试,有司奏纶第一,子宁次之,子澄又次之。先一夕,上梦殿前一铁钜钉掇白丝数缕,悠扬日下。觉以语左右,莫知其为何祥。及拆状元卷,乃花纶也。上嗛其不叶梦,取第二人为首。已而得丁显

卷,姓名与梦相符,遂擢为状元,显时年二十八,子宁次之,纶又次之,三人皆拜修撰。而第二甲马京、齐麟为编修,吴文及三甲蔡福南为检讨,子澄抑置三甲、与顾观为翰林庶吉士。久之,子澄亦授修撰云。或传童谣曰:"黄练花,花练黄。"上恶其语,以纶及子澄年少高科,故抑之也。显,字彦伟,建阳人,德业文章无闻焉。尝得其《题兰窗诗》云:"公子善居室,猗兰蔚东窗。素荣浥轻露,冷风振芬芳。流玩引日夕,恍若临沅湘。岂不艳桃李,懿兹王者香。况逢同心友,结佩森翱翔。嘉名既云锡,咏言列篇章。持谢二三子,德馨尚无忘。"显后获谴归,终于修撰,而纶改福建道监察御史,出按江西,坐罪不令终云。

圣 旨 立 坊

洪武戊辰会试,以苏伯衡及李叔荆为考试官,得京闱新解首施显为第一人,谓传胪必复叶上前梦矣。及取状元,乃监生任亨泰也。圣祖宠遇特隆,有旨命有司建状元坊以旌之,圣旨建坊自此始也。亨泰,襄阳人,为修撰,每召建议,即赐手诏,书襄阳任而不名。寻与黄子澄并拜詹事府少詹事,仍兼修撰。已而擢礼部尚书,奉使交趾,后左迁监察御史。十三岁时,尝题扇面云:"杲日初升万木低,画船撑出小楼西。先生正熟朝天梦,门外山禽莫乱啼。"其贵达也,人以是诗预占之。

两 魁 天 下

洪武二十四年辛未二月,天下贡士会试者六百六十有奇。中式者:许观,贵池人,监生。《书》。张徽,绛州人,监生。《易》。蔡祯,嘉定州人,监生。《诗》。王羽,杭州府学生。《春秋》。胡泰,南昌县人,监生。《书》。林惟和,晋江县学生。《易》。陈裕,宁波府学生。《诗》。贺守真,攸县学生。《书》。董恭礼,鄞县学生。《易》。龙子钧,吉安府学生。《诗》。李谦,兖州府学生。《春秋》。丘秬,余干县学生。《礼记》。叶林,萧山县学生。《书》。李士昌,定州人,监生。《易》。李容,同安县学生。《诗》。李

仪,邹平县人,监生。《书》。何测,琼州府学生。《易》。杨璧,海阳县人,
监生《书》。吴言信,邵武县人,抄钞局副使。《诗》。张显宗,宁化县人,
监生。《春秋》。陈观,永福县学生。《易》。丁仁东,平州人,监生。《诗》。
林义,莆田县学生。《书》。张广扬,德庆州人,监生。《易》。陈伯颜,衢
州府学生。《诗》。李本宁,晋县学生。《书》。徐逊,杭州府学生。《易》。
贾闵,崇德县学生。《诗》。王观,钱塘县学生。《春秋》。赵良,淇县学生。
《礼记》。凡三十一人,盖二十而取一也。入对大廷,观复第一。国朝两
魁天下者,自观始,时年二十八。张显宗次之,吴言信又次之。上以
连科状元皆出太学,召祭酒宋讷,面褒谕焉。《水东日记》谓显宗为状
元,非也。自乙丑以来,进士多有为县丞者,是年登科绝少,上乃擢下
第举人张孟铺等,俱授主事,盖特恩也。观后复姓黄,官至少宗伯,死
于靖难,其妻翁氏夫人暨二女,亦死节云,可谓不负魁名矣。惜制作
散逸,世传其《酬张隐君诗》云:"漫批华什咀余甘,欲报琼瑶愧不堪。
一自返舟暧邑后,几回飞梦石湖南。莺花敢续春吟句,灯火空陪入夜
酣。茶气拂帘清昼午,想应宾主正高谈。"气概不类其为人,盖赝
本也。

海 定 波 宁

鄞人单仲友以能诗名。洪武中,征至京师,献诗,称旨,得备顾
问。因言本府名明州,与国号同,请上易之。上徐思曰:"汝言是也。"
复询仲友山川谶纬之详。仲友对曰:"昌国县舟山之下,旧有状元桥,
盖谶言,故云。而童谣谓'状元出定海',此最为异。以臣观之,二邑
素无颖异材,岂将有待邪?"上闻定海之名,喜曰:"海定则波宁,是宜
改名宁波。"时洪武十四年也。迄二十年,省昌国并入定海。二十七
年,县人张信果应其谶。盖信即昌国在城人也。信既状元及第,自修
撰进侍读。时韩王、安王、靖江王,以幼小,俱在文渊阁讲学。偶与右
赞善王俊华司宪,及韩、安二府长史黄章同坐,观《杜诗绝句》云:"舍
下笋穿壁,庭中藤刺檐。地晴丝冉冉,江白草纤纤。"章举以为问,俊
华曰:"此盖伤唐室衰微,有所为而作,观其无题可见矣。"信曰:"是时

与贞观之风大异,宜有此诗。"已而诸王至,言奉旨各写古诗一首呈览,信即以此诗与韩王写去。御览大怒,韩王曰:"张信教儿写耳。"上由是恶之。二十九年二月,同编修戴彝誊《敕谕女户百户稿》进呈,奉旨增二语。信还文渊阁写成,仍旧弗增。彝劝信改易,不从,谓曰:"事涉欺罔,祸可蓺乎?"三十年三月,坐覆阅会试落卷以不堪文字奏进,与章等同诛,而彝获免云。按,是科学士刘三吾为会试考官,取会元彭德,陕西凤翔人,与兵部主事齐德并改名泰。而信及第之下有真宁景清、奉化戴德彝,德彝亦去德止名彝,盖奉上命也。乌乎!人臣事君以不欺为本,信之掇祸如此,岂足以贲山川、应谣谶也哉?

丁　丑　再　试

洪武丁丑会试,考试官学士刘三吾、安府纪善宝坻白信稻,取宋琮等五十一人,中原、西北士子无登第者。入对大廷,赐进士及第。闽县陈䢒为首,吉安尹昌隆次之,会稽刘谔又次之,被黜落者咸以为言。上大怒,下诏命儒臣再考下第卷中,择文理优长者,复其科第。于是侍读定海张信、侍讲奉化戴彝、春坊右赞善宁海王俊华、平度司宪右司直郎永嘉张谦、司经局校书瑞安严叔载、正字乐安董贯、二府长史惠安黄章、韩府纪善无锡周衡、靖江府纪善吉水萧楫,及陈䢒等首甲三人受命,人各阅十卷。或闻三吾与信稻至其所,嘱以卷之最陋者进呈。上益怒。章进一卷《答君臣同游策》,有曰:"贵而在上者,君也;贱而在下者,臣也。贵以临贱,贱以承贵。"叔载进《易义》有曰:"一气交而岁功成。"上曰:"君臣同游,本为君明臣良,以成千载一时之盛。今言贵贱,正讥如今臣下犯罪不复宽容矣。阴阳必二气乃交感,今日一气交,则独阳不生,孤阴不成,诚为悖理。"于是取六十一人殿试,再赐策问,以山东韩克忠为首。六月辛巳朔也。先是,丙子春,上命翰林院官三吾及张信等,詹事府官司宪王俊华、张谦、严叔载、董贯及黄章等,编纂历代帝王凡三百君。除伏羲至帝喾,世远史不详载,自帝尧至元顺帝,三千七百余年行事,善可为法、恶可为戒者,提其精要,列注各君之下,一览事迹,粲然易晓。至是年四月,撰述汉武帝以长安狱中有天子气，遣使诣郡邸狱，罪无轻重皆杀之。丙吉治狱，拒不纳。上见之，以其讥诛胡党也，因命刑部拷讯。诸阅卷者并祭酒杨淞皆出胡党，惟三吾、信稻及司宪为蓝党，彝及昌隆不与，并宥三吾，余皆磔戮。郏、谔进卷，不行明白用笔批直，有惑圣览，吏部奏发威虏安置。四月初二日，恩宥取回，郏降鸿胪寺司宾署丞，谔降司仪署丞。已而御史劾奏，皆连坐以死，而彝及昌隆竟免焉。详载《薄福不臣榜》中。宋琮者，字万锺，吉安泰和人，时已拜御史，黜为教官，后又入为给事中，左迁刑部检校。以明《周易》，尝同考会试，擢南京国子助教。九年考满，升翰林检讨，仍行助教事，改任北监。至正统庚申九月致仕，时年七十五，归乡。又数年，乃卒。门人尚书刘广衡谓其能脱刑僇，享遐龄云。

刘　学　士

刘学士三吾者，长沙之茶陵人。洪武甲子，以儒士举保赴京，乙丑除授左春坊赞善。戊辰九月，上《御制洪范注》成，命序其后。圣览，批曰："理道精详，始终无疵，畅然哉！"由是升学士。辛未三年，考满，吏部以老不称职奏请降黜，上宥之，给与半俸，时年七十九矣。明年，东宫怜其老，令支全俸，亦不辞也。癸酉二月，外孙单庆，以府军前卫千户，坐蓝玉逆党伏诛，女良玉，黥刺发浆糯房。三吾坐是闲住，明年九月，还职。乙亥，奉旨教赵署令子暹等写字不如法，使虎口握笔，写母字先从右起。上诘之，则对曰："此王羲之、赵子昂书法也。"出对句云"江面鱼抛尺"，又以御制诗句为对句，使难为辞。上益恶其奸滑。至是坐考官得罪，上特宥罪谪戍焉。尝得其文集，有三事皆可以征圣政者。其一曰："武昌于子仁者，洪武乙丑进士，改参军府、庶吉士，出丞郏县，改山东之昌乐，任满，耆老保留，即升知县。为丞时，同旧令入觐，令坐不赈民饥当死，乃诬子仁。子仁实未到官，会设总里长吏证子仁当连坐，察司阅牒，丞无押字，当还职。吏之母诉：'丞今为令，若还署，妾之子愿斩首。'法司曲议丞已在任，当如其吏罪。大理驳之，'令不听丞言，故丞不押字，安得与吏同罪？'竟得还署。方欲行,邑簿以贪墨系都察院,更诬子仁,子仁与对簿,又服罪。上闻之,召谓曰:'汝清强吏也。'赏赉之,使还昌乐。抵任未久,青州官匠逋在昌乐,子仁械致青州,事相连及,刑部行提,于是耆老六十七人条列子仁治状以闻。上察知子仁廉明,凡所得罪,非同寮污蔑,则旁累见逮,即升青州知府,赐衣一袭,宝钞二十锭。"其二曰:"洪武癸酉,丽水何叔川知钦州,所属长燉镇官林佛祖,盘诘擒获守御百户胡全之子,与家人私贩番货胡椒十八裹。解人及椒至州。时叔川方遣人迓其属,全令军吏杨春贿以白金十八两,请免械送。叔川拒不从,竟械系,并所贿送广东道御史问理。既得实发审,大理引奏。上喜其廉能依律,犯者处斩,仍籍全家,银两悉赏叔川。"其三曰:"沈万三,名富,字仲荣。其弟万四,名贵,字仲华。本吴兴之南浔人,父祐始徙姑苏长洲之东蔡村,人以污莱归之。祐躬率子弟服劳,粪治有方,潴泄有法,由是富埒素封。洪武中,万三、万四率先两浙大户输税万石,仍献白金五千两,以佐用度。上命其造廊房,为楹六百五十,披甲马军者十,务罄所献金乃已。自是被人告讦,或旁累所逮,往往曲宥。寻命选大户家为京官六曹,令近侍举所知。惟万四有孙曰玠,擢户部仓曹员外郎,受官辞禄,上益器重之。玠父汉杰,始徙家化周庄焉。"圣祖之奖廉能、励富室如此,吏安民怀,开太平于万世,信有由哉!

邑俊升郡学

国初,有司考较邑学俊髦,升入郡学。吾香山周尚文、林茂,皆其选也。二人于经术外,皆攻诗。尚文读书番山,尝见鬼魅。一夕,其族兄来访,与言:"昨宿有美人来,与联句成卷,有云:'尽日倚阑人不到,谩听莺语到黄昏。'"兄笑曰:"此真鬼诗也。"因携卷去,倏然不见。讯之乡人,族兄在家,未尝出也,即昨鬼复至明矣,人以为魁兆。寻第进士,筮仕不终,岂鬼豫欺之欤?茂尝咏松云:"大夫真气概,曾不受秦封。"又咏桂云:"姮娥如会意,分我一枝秋。"茂后中乡试,官终五品,盖诗谶也。

孝　义　家

《书》曰："凡厥正人，既富方穀。"洪武中，用税户人材，高皇帝由此道也。时湖州富民严震直，官至尚书，其次丘显及汤行之属甚众，惟金华浦江义门郑氏为特异。其先曰绮者，有绝德，父照，坐死罪，上疏郡守钱端礼，请以身代。端礼察之，白其诬。母张，病风挛，绮抱持若婴儿，三十年不懈。传至文嗣，六世同居二百年，咸如绮在时。元至大四年，旌表门闾。文嗣没，大和司家事，严而有恩，凛如公府，子弟小有过，颁白者犹鞭之。每遇岁时，大和坐堂上，群从子皆盛衣冠，雁行立左序下，以次进，拜跪奉觞上寿毕，皆肃容拱手，自右趋出，足武相衔，无敢参差者。舆论谓有三代风，子孙从化，驯行孝谨，执亲丧哀戚甚，三年不御酒肉。食货田赋之属，各有所司，无敢私。凡出纳，虽丝毛事，咸有文可覆。诸妇惟事女红，不使豫家政。内外极严，舆台通传，不敢越堂限。家畜两马，一出则一为之不食，人以为行义所感。有《家范》二卷行于世。入国朝，曰渊、曰洧、曰濂、曰湜，皆以行谊闻。上召濂等入见，问以治家长久之道。对曰："守家法而已。"上深嘉奖之，拜湜为福建参议。其家僮施庆，居亲丧，哀泣不辍，亦三年不御酒肉，其薰染如此。洪武癸酉，尚书严震直述其家世孝友以闻，上遣官简拔其家子弟年三十以上者二十四人，赴京选用。曰济最有文学，除左春坊左庶子，侍从东宫，丙子复选才闾右。曰沂者，召为礼部尚书。其从子斡，拜御史，楷，蜀府教授。辛巳夏四月，旌表门闾。曰渶者，以宗长诣阙谢恩。当陛辞日，上御奉天门，亲书"孝义家"三大字，题其傍曰："赐浦江郑渶"，而识以"精一执中"之玺。百僚卿士，咸为诗文以颂之。

臣　节　忠　谨

高皇帝奉"若天道刑乱，国用重典"。洪武庚申正月，左丞相胡惟庸与御史大夫陈宁等谋反，既伏诛，乃大治党与。遂罢中书省，升六部为正二品,分理政务,而命群臣各举所知。五月甲午,雷震谨身殿,大赦。九月丙午,始置四辅官,兼太子宾客,位列公侯都督之次,秩正三品。告于太庙,必欲德合天人,均调四时,以臻至治。以王本、李祐、龚敩为春官,杜敩、赵民望、吴源为夏官,惟秋冬官缺,以本等摄之。尝谕本等沐浴致斋,精勤国务。逮立冬,朔风酿寒,以成冬令,有敕奖之。每赐坐,讲论治道,且令图其像,并赐诰命及衣三袭,又有《待漏院记》之赐。既而本犯极刑,召前御史中丞安然代之,然忧惧而死,于此见臣节忠谨之难也。李祐,安邑人。龚敩,贵溪人。杜敩,壶关人。吴源,莆田人。安然,颍州人。又有何显周,内黄人,多坐罪黜,惟祐以老疾还乡。尝主本省乡试,甲子、丁卯、庚午,连三科,皆无所避嫌云。予按,洪武二十年八月戊午,遣国子监生郅敏、周彬,以牲醴奠祭通政使荥河蔡瑄,谕文略曰:"自昔君臣相遇,非徒臣之得君者不易,而君之得臣者尤难。朕求多士,以显用之。人各务私而不务公,以致乱政坏法者,前后相蹈。惟尔瑄。起自儒生,朕授喉舌之任,命令出纳,少有乖谬。随即奏闻,使有司肃然,毋敢妄为。婴疾弗瘳,特命还乡。何期登途未远,即以讣闻。今特遣奠,并赐宝钞二百五十贯,仍免尔家差税三年。"又洪武三十年七月甲戌,遣行人董镛,谕祭故兵部尚书太子少保虹县唐铎,其文略曰:"呜呼! 大丈夫生世,五福具备者,鲜闻其人。尔之于朕,始友及臣,今四十年矣。交不知变色,绝不出恶声,幽德有余,芳名显著,高位厚禄,优游太平。年已七十,考终于家,可谓备膺五福,古今之所罕有。人生若此,死何憾焉?"始终保全若二人者,不多见也。惟镯工杜安道,起自尚冠郎,终大常卿。厨子徐兴祖,起自典膳丞,终光禄卿。侍上起兵吴、越,略淮、楚,攻齐、鲁、汴、蔡,以至统一天下。三十余年,出入内廷,慎密不泄。遇要官势人,如不相识,一揖之外,不启口而退。故上每称忠谨必以二人为言。噫! 搢绅之徒,无亦愧哉!

咏　初　月

父老相传,懿文皇太子生皇孙建文,顶颅颇偏,高庙抚之曰:"半边月儿"，知必不终。及读书，甚聪颖。朏夕，懿文与之侍侧，上命咏初月。懿文诗曰："昨夜严陵失钓钩，何人推上碧云头。虽然未得团圆相，也有清光照九州。"皇孙诗曰："谁将玉指甲，掐作天上痕。影落江湖里，蛟龙不敢吞。"上览之默然，盖知懿文必早世，而皇孙将免难也。乃授钥匣，戒以临难乃启。比得披剃之具及杨应能度牒，出走，无知者。正统庚申春，思恩土官知州岑瑛奏送还京。

姓 名 相 同

庚辰廷试，王艮当魁，貌不及胡广，且广策斥亲藩，上遂擢广第一，赐名靖。后复旧名，与杨东里善，约致仕后拏舟往来。及广死，杨梦与广对酒联句，恍然夙约也。诗有"金螺潇洒对芙蓉，鹭渚渔洲窈窕通"之句。广病笃时，人投诗假杨作，云"汉朝胡广号中庸，今日中庸又见公。堪笑古今两奸宄，天教名姓正相同"。得诗惭愤，数日卒。按，宋陈贾劾朱子，人诮之云："姬周大圣犹遭谤，伊洛名贤亦被讥。堪笑古今两陈贾，如何专把圣贤非？"诗盖祖此。广在内阁，歌颂祥瑞，以启佛老大兴，杨实怂恿之。

纲 常 为 治

至正甲辰，天竺中印度僧板的达至燕，元主受灌顶净戒。洪武甲寅，至金陵，召见，称旨，赐银印，号善世禅师，统制天下诸山，仍移文各郡，许诣蒋山受菩萨戒法，所司勿禁。人多绘像事之，以为活佛。御制《善世歌》有"笑谈般若生红莲"之句。寻游方三年，复还蒋山，依止八功德水，赐金环茜衣。车驾临幸，必造其室，咨问法要，屡赋诗。有曰："晨坐岩前观日出，暮禅松底听风来。"盖规之也。辛酉五月，患足疾死，了无他异，葬天禧寺右，塔而屋之。富平丘玄清者，年十二，因病出家为道士。洪武辛酉，遇张三丰于武当山，居五龙雷应宫。有荐其材者，上召，与语，大悦，拜监察御史，赐之室，辞不受。明年春，超擢太常卿，赠其祖茂都转运盐使司同知，父济川布政使司右参政，母张氏，赠淑人。每大祀天地，上宿斋宫，谘以雨旸之应。玄清奏对，称旨，益敬焉。一夕，谓门徒曰："我弃世去矣。"瞑目而逝，年六十七，亦无他异。二人者，终非仙佛，徒叨冒一时光宠耳。于是上著论有曰："圣贤善守一定不易之道，而能身行之，以化天下愚顽。其道云何？三纲五常是也。"大哉皇言，与孟子"经正民兴"之旨符矣。故我国家以纲常为治，终不惑于异端者，实本诸此。

御 宝 文 移

南京礼部有御宝文移。庚辰十二月初十日，敕谕："朕闻有天下者之有宝，所以昭大信、示传承也。然中古传记莫考。自汉以来，始因传国玺，演而为六，唐、宋又益以镇国、定命、受命诸名，厥数愈繁矣。我朝国初，尝备用之，后复中止。朕承序之初，因得贞玉，协于异梦受命之符，遂考古典，乃造为大宝，以'天命明德，表正万方，精一执中，宇宙永昌'为文，定名曰：'凝命神宝惟以镇国宝藏'，因而备造六宝，以复近古之制。并'皇帝奉天、恭禋、制诰、敕命'四宝，及'精一执中、御府丹符'二图记，凡十有三。'皇帝之宝'，诏敕用之；'皇帝行宝'，命将出师用之；'皇帝信宝'，征兵用之；'天子之宝'，诏四夷用之；'天子行宝'，赐四夷物用之；'天子信宝'，征兵四夷用之；'奉天之宝'，郊禋用之；'恭禋之宝'，封印香合用之；'制诰之宝'，制谕诰文用之；'敕命之宝'，敕谕敕文用之；'精一执中'，手书用之；'御府丹符'，封记符号用之。所以备一代之制，传子孙于永久也。尔礼部其宣教天下，使明知之。"此史之阙文也。

卷第三

三 丰 遁 老

"璚枝玉树属仙家，未识人间有此花。清致不沾凡雨露，高标犹带古烟霞。历年既久何曾老，举世无双莫漫夸。便欲载回天上去，拟从博望借灵槎。"此三丰遁老张玄玄诗也。玄玄，名全一，或曰通一，三丰，其号也，世呼为"张邋遢"。或谓宝鸡人，或谓辽东人。丰姿魁伟，龟形鹤骨，大耳圆目，须髯如戟，顶作一髻，手中执方尺。无寒暑，惟衣一衲，或处穷寂，或游市井，浩浩自如，傍若无人。有问之者，终日不答一语。及与论三教经书，则吐辞衮衮，皆本道德忠孝。每事来，辄先知之。三五日或两三月始一食。然登山，其行如飞，或隆冬卧雪中，鼾齁如常。时人皆异之。洪武初，入武当，登天柱峰，遍历名胜，使其弟子丘玄清住五龙，卢秋云住南岩，刘古泉、杨善登住紫霄。乃自结草庐于展旗峰北，曰遇真宫，立草庵于黄土城，曰会仙馆，令弟子周真得守之。洪武庚午，拂袖长往，不知所在。明年，高皇帝遣三山道士请玄玄造朝，了不可觅，或谓在青州云门山洞窟中。永乐初，文皇帝累遣使求之，以给事中胡公淡往，遍物色之，不能得。十年二月十日，致书曰："皇帝敬奉书真仙张三丰先生足下：朕久仰真仙，渴思亲承仪范。尝遣使致香奉书，遍诣名山虔请。真仙道德崇高，超乎万有，体合自然，神妙莫测。朕才质疏庸，德行菲薄，而至诚愿见之心，夙夜不忘。敬再遣使，谨致香奉书虔请，拱俟云车凤驾，惠然降临，以副朕拳拳仰慕之怀。"三月六日，诏道士虚玄子孙碧云者，往武当，于玄玄旧游处建道场，冀有闻焉。御制诗赐之，曰："太华山高九千仞，幽人学道巢其巅。云边一卧知几年？悬崖铁锁常攀缘。世间万物无所累，饥食琼芝渴乳泉。炼就还丹握化权，三关透彻玄中玄。高奔日月呼紫烟，绛宫瑶阙长周旋。五华灵牙植丹田，明珠一点方寸圆。左挹神公右白元,夜开明堂相与言。窈冥恍惚合自然,飘飘直上大罗天。时人欲见不可得,三峰下俯飞鸿翼,丹丘羽人常往还。红厓赤松旧相识,只今邂逅契心期。青瞳绿发烟霞姿。洞天福地游欲遍,逍遥下上骖虬螭。若遇真仙张有道,为言仝俟长相思。"诗意盖拳拳于三丰也。碧云亦受命于武当之南岩修炼,以冀见之。

圣 孝 瑞 应

文皇帝在藩,闻乌思藏有尚师哈立麻者,异僧也。永乐初,遣中官侯显赍书币往迎。五历寒暑,丙戌十二月乃至,车驾躬往视之,无拜跪礼,合掌而已。上宴之华盖殿,赐金百两,银千两,彩币、法器,不可胜纪。寻赐仪仗,与郡王同,封为万行具足、十分最胜、圆觉、妙智慧、善普应、佐国、演教、如来大宝法王、西天大善自在佛,领天下释教,赐印诰,及金银纱彩币、织金珠袈裟、金银器皿、鞍马,其徒封拜有差。五年春二月庚寅,命于灵谷寺启建法坛,以荐皇考皇妣。尚师率天下僧伽,举扬普度大斋科十有四日,上伸诚孝,下及幽爽。自葳事之始,至于竣事,卿云天花,甘雨甘露,舍利祥光,青鸾白鹤,连日毕集。一夕,桧柏生金色花,遍于都城;金仙罗汉,变现云表,白象青狮,庄严妙相;天灯导引,幡盖旋绕,亦既来下;又闻梵呗空乐,自天而降。群臣上表称贺。学士胡广等献《圣孝瑞应歌颂》。自是,上潜心释典,作为佛曲,使宫中歌舞之。永乐十七年,御制佛曲成,并刊佛经以传。九月十二日,钦颁佛经至大报恩寺。当日夜,本寺塔现舍利,光如宝珠。十三日,现五色毫光。庆云奉日、千佛观音、菩萨罗汉,妙相毕集。续颁佛经佛曲,至淮安给散。又现五色圆光,彩云满天,云中现菩萨、罗汉、天花、宝塔、龙凤、狮象,又有红鸟白鹤,盘旋飞绕。礼部行翰林院撰表,往北京称贺,上甚嘉悦。明年五月十六日,命礼部尚书吕震、右副都御史王彰,赍奉诸佛、世尊、如来、菩萨、尊者名称歌曲,往陕西、河南颁给。神明协应,屡现庆云、圆光、宝塔之祥,在京文武衙门,上表庆贺。上益嘉悦,知皇心之与佛孚也。中官因是益重佛礼僧,建立梵刹以祈福者,遍南京城内外云。

刘伯川善观人

泰和刘伯川，平生轻财如粪土，中年尚有田数十亩，一日悉散予其亲戚闾里。又散遣臧获，独与其妻处敝庐数椽，仅蔽风雨，而旦暮饘粥，休休如也。平居不与俗人接，然善观人。时杨士奇年十四五，与陈孟洁往候之。伯川以二人皆故人子，入见款洽焉。是日雪霁，酒酣，伯川命各赋诗言志。孟洁赋云："十年勤苦事鸡窗，有志青云白玉堂。会待春风杨柳陌，红楼争看绿衣郎。"士奇即景赋云："飞雪初停酒未消，溪山深处踏琼瑶。不嫌寒气侵人骨，贪看梅花过野桥。"伯川顾孟洁笑曰："十年勤苦，只博红楼一看邪？子当不失风流进士。"顾士奇笑曰："虽寒，士当耐。"又曰："人有不为也，而后可以有为。子当大用，尚勉之。惜予不及见也。"伯川卒后，孟洁果登第，为翰林庶吉士，而士奇官至少师。皆如伯川言。

胡　贞　女

永乐初，学士解缙、胡广侍燕文渊阁。太宗皇帝曰："缙、广，少同业，仕同官。今缙已有子，广宜妻之以女。"广俯首曰："臣妻有娠，未卜男女。"上曰："定生女，勿疑矣。"越数月，而贞女果生，因名吉庆奴，以上所料也，遂订盟缙子祯亮。未几，解氏遭高煦诬谮，举家戍辽。欲使贞女改适，女窃入室，以刀截耳，家人觉而救之，血被两颊，且言曰："薄命之婚，皇上主之，父面承之，一与之盟，终身不改，况背主违父，何用生为？"越数年，洪熙改元，特宥解氏，祯亮归娶。女既归解氏，事二姑极孝，事夫惟谨。姑徐氏多病，不离床席十余年，虽浣涤秽污，皆亲为之。且知书史，性柔愻，侧室子女，视如己出。卒年八十五。广有此贞女，然建文擢为状元，乃弃之若弁髦，何也？无亦愧其女邪！

史 孝 子

史五常，内黄人。父萱，洪武间，任广东按察司佥事，卒于官。五常始七岁，母以幼且无资，不能归葬，遂权厝之，遂携五常北返。每谕之曰："汝父棺中有大钱可验，待汝长成时，寻骨归葬，则汝可报父恩，而我亦尽妇道矣。"后母没，五常年五十，乃往至殡所求焉。既至，弗获，旦夕泣告于天，路人怜之，遗以饮食。数日，宪幕张珪知之，为白于台。驰简巡司李斌多方物色，果得所殡遗骸，大钱犹在。五常以礼敛榇，当道重其孝，给以舟车路费，赠以诗文。既返葬，结庐墓侧，居三年。正统间，有司列状，上闻，诏旌表其门。左布政锦川梅应奎赠诗云："河北史孝子，万里来广州。暮投和光寺，惨淡如羁囚。相见不肯言，哽咽涕泗流。侵晨趋相府，长跪述所由。儿昔方七岁，严亲此宦游。三年佐风宪，长贰资良筹。严亲忽亡逝，母氏深怀忧。陆行之舆马，水宿畏蛟虬。舁棺寸步难，何以归故丘？禅关有隙地，乞土寄一抔。母子孤且茕，粥钏促归舟。还乡理先业，薄有旧田畴。儿年日已壮，痛父骨未收。忍离母膝下，望望倚门愁。向来萱花陨，丧葬事已休。即为岭表行，不与妻子谋。路苦焉足恤，到来述所求。门巷非旧日，顾瞻林木稠。重泉深且闷，踯躅空夷犹。上官幸垂悯，庶得志愿酬。言讫即执泣，感动仁公侯。霜简发严令，通衢广寻诹。父老四五人，指示东墙幽。发掘见青钱，棺底昔所投。黄金与白璧，次第归衾裯。孝子悲且喜，胜获千琳璆，稽首谢苍天，伏地礼比丘。拜辞乌府旧，金帛仍相周。山川耿南北，何暇畏阻修。亲魂既安妥，祖陇茂松楸。孝子亦年老，华发风飗飗。诚心格穹壤，孝行遍遐陬。我作短歌行，送别南海头。瘴疠不尔毒，盗贼不尔仇。安行至乡里，嗟哉谁与俦？愿尔增寿考，在世百春秋。愿尔贤子孙，世业治箕裘。以永敦薄俗，芳名千载留。"今按《广州志》，和光寺在南海西南街，乡人以祀六祖者，洪武二十四年，归并光孝寺。梅应奎，作应魁云。

冷　协　律

冷协律起敬谦，隐居杭州吴山顶上，晓音律，善鼓琴，飘飘然有尘外之趣。国初，授太常司协律郎。洪武元年五月，诏校正音乐。太常少卿陈昧、翰林学士詹同、待制王祎、与起敬及儒士熊太古等，定郊庙诸乐章，起敬裁定为多。《刘伯温基集》云："旧在杭时，为起敬赋《泉石歌》，乱后失之。今起敬为协律郎，邀予写旧作，已忘，而记其起三句，更足成之。其歌曰：'君不见吴山削成三百尺，上有流泉发苍石。冷卿以之调七弦，龙吟太阴风动天。初闻涓涓响林莽，悄若玄宵鬼神语。泠然穿崖达幽谷，竽籁飕飕振乔木。永怀帝子来潇湘，瑶环琼珮千鸣珰。女夷鼓歌交甫舞，月上九疑啼凤凰。还思娲皇补穹碧，排抉银河通积石。咸池泻浪入重溟，玉井冰渐相戛击。三门既凿龙池高，三十六鳞腾夜涛。丰隆咆哮震威怒，鲸鱼捷尾惊蒲牢。倏然神怪归寂寞，殷殷余音在寥廓。鲛人渊客起相顾，江白山青烟漠漠。伯牙骨朽今几年？叔夜广陵无续弦。绝伦之艺不常有，得心应手非人传。忆昔识子时，西州正繁华。筝笛沸晨莫，兜离漫矜夸。子独徜徉泉石里，长日松阴净书几。取琴为我弹一曲，似掬沧浪洗尘耳。否往泰来逢圣明，有虞制作超茎英。和声协律子能事，罔俾夔挚专其名。'"自伯温语意观之，既素与起敬旧相识，则其人必有居址。《杭志》以为钱塘人，理或然也。世传起敬有仙术。有告以贫乏者，画壁为门，门有鹤，使细观之，则门启而入，得金宝以归，而遗其引。盖朝廷内帑也。守者得引以告，逮其人至，遂株及起敬。起敬既至京师，隐身入板壁中，逮之者凿壁以献，犹应对作声，既而莫知所在。又传所绘《蓬莱仙弈图》，永乐壬辰孟春三日，三丰遁老跋以遗太师淇国公丘福者，谓："冷君，武陵人，名启敬，龙阳子，其号也。"然洪武中，三丰既遁去。永乐初，文皇帝遣使求之不获。丘淇国乃靖难功臣，日侍左右，岂敢隐匿不告，岂神仙踪迹固不可测欤？壬辰，乃永乐十年，即旁求致书之时也，岂流传讹舛而然欤？漫识之。

姚 少 师

姚广孝，苏之长洲人。元壬辰，披剃为僧，名道衍。洪武癸丑，请给礼部度牒，于觉林寺入册，刻意为诗文，由是知名。《咏百花洲》云："水㴞接横塘，花多碍舟路。波红晴漾日，沙白寒栖鹭。绿汀渔网集，隔浦菱歌度。不见昔游人，风烟自朝暮。"《京口览古》云："谯橹年来战血干，烟花犹自半凋残。五州山近朝云乱，万岁楼空夜月寒。江水无潮通铁瓮，野田有路到金坛。萧梁事业今何在？北固青青客倦看。"味其词旨，识者知其非缁流也。壬戌九月，诏选高僧，分侍诸王。衍往燕府，住持庆寿禅寺，遂预靖难之功。壬午十月，拜僧录司左善世。永乐甲申三月，简东宫辅导，擢太子少师，复其姓名，赐敕谕曰："卿秉性笃实，学行老成，事朕藩邸，积有年岁。朕靖难之初，卿侍左右，谋谟弼赞，裨益良多。今建储嗣，简求贤辅，以卿旧人，特授太子少师。夫太子，天下之本也，必赖启迪匡正，辅成德器。卿尚勉尽厥职，副朕眷倚之重。钦哉！"自善世遷长宫寮，亦异数也。后太孙初出就学，命设讲席于华盖殿之东，复令广孝及翰林内阁之臣侍焉。九年，考满，为壬辰二月，吏部尚书兼詹事蹇义、兵部尚书兼詹事金忠，于武英殿奉旨，给与诰命封赠。于是祖菊山、父妙心，俱赠资善大夫，祖母周氏、母费氏，俱赠夫人，并本身凡五道，盖不畜发娶妻故也。苏人云，广孝既贵后，尝奉命赈济还吴。吴有隐士王光庵先生者，与之有旧，往诣之，先生闭门不纳。凡三往乃获见，先生无他言，但连声曰："和尚误矣。"又往见其姊，姊亦拒之，曰："贵人何用至贫家为？"乃僧服而往，始纳之，一拜后，姊不复出。戊戌三月，广孝病笃，上驾幸其第，问后事。对曰："出家人复何所恋？"强之，乃曰："僧洽南洲在狱久矣。"上即日出之。卒年八十四，赠荣国公，谥恭靖。

长 陵 八 骏

《太宗八骏图》，其一曰龙驹，战于郑村坝乘之，中箭，都指挥丑丑拔。其二曰赤兔,战于白沟河乘之,中箭,都指挥亚失铁木儿拔。其三曰乌兔,战于东昌乘之,中箭,都督童信拔。其四曰飞兔,战于夹河乘之,中箭,都指挥猫儿拔。其五曰飞黄,战于槁城乘之,中箭,都督麻子帖木儿拔。其六曰银褐,战于宿州乘之,中箭,都督亦赖冷蛮拔。其七曰枣骝,战于小河乘之,中箭,安顺侯脱火赤拔。其八曰黄马,战于灵壁乘之,中箭,指挥鸡儿拔。学士刘定之咏焉。盖靖难时,胡骑官军最近左右故也。按八骏始于穆满,后千余年,复见于唐太宗。我长陵驰驱西北,济世安民,适相符合如此。

柳 庄 相 术

袁廷玉,名珙,以字行,其先南昌人也。五世祖子诚,宋知临安府,始家鄞焉。廷玉幼喜观书,壮益爽秀,尝游东海普怛洛伽山。僧有别古崖者,善相,见而悦之,谓其眼光如电,法当以术显。因给令仰视赤日,待两目尽眩,潜布黑赤豆于暗处,使辨之。又夜悬五彩绒线窗纸外,使映月光,别其色。所试皆中,然后授其术,且曰:"子后当出我右,慎勿妄泄也。"其法,候夜将二鼓或五鼓罢,燃两炬,坐对求相者,数以其炬左右,视形状气色,参以所生年月,而吉凶之征,有若符契。浦江戴九灵良为作传,备言其应验之详。建文闻其名,初位东宫,即召见,使相焉。廷玉言:"害气在西北方人,当豫防之。"洪武丁丑,燕府遣仪卫司正蔡礼,赍币征聘。戊寅三月,至北平,太宗召见。廷玉稽首言曰:"异日太平天子也。龙形凤姿,天广地阔,额如圆璧,伏犀贯顶,日丽中天,五岳附地,重瞳龙髯,五事分明。二肘若肉印状,龙行虎步,声如撞钟,足底龟文,有双黑痣,年交四十,髯过于脐,即登宝位。"馆于仰山寺僧道衍室,宴赉无算,谋必预焉。己卯,遣归。七月,至淮安,而靖难起事矣。至家,为民人周继祖讦告。按察佥事唐泰械赴京师,诏宥之,惟令太医院使戴原礼取相书以进。壬午六月,太宗登极,命千户张勇、典膳徐福,驰驿召之。既至,拜太常寺丞。其子忠彻,克传其术,官至尚宝司少卿。家本旗手卫军,诏开除之。庚寅十二月,卒,赐葬祭,有旨令姚广孝志其墓云。

金尚书际遇

洪武中,袁廷玉以事过鄞县前,见妇人乳女于榜廊下,哭声凄甚,问其故。对曰:"夫当戍赵州,今在酒肆饮旗军,饮毕,即行矣。"言既,哭益悲。袁心怜之,往见其夫。夫曰:"我韩岭金世忠也,居以卜课度日。今缺戍,为族人赂旗军,以我代行。"袁相其面,曰:"此尚书骨法也,他日当大贵,此行勿忧。"因代偿其酒价,又贷米二斗赆之。临行嘱曰:"登舟即顺境,他日富贵,无相忘。"既而舟泊西渡,共济者病腹痛,金与之卜,言"宜用衣带刮咽喉下,即愈"。其人如其言,果瘥,惊以为神,因厚谢之。沿途惟用谢卜所得,因不匮乏。至戍所,开卜肆,以奇验闻。燕邸召至,问以靖难。卜告以吉,援引古今,才识溢发。上大喜,多用其谋策,因荐袁,上又召之。后师起,以世忠署长史,累迁至兵部尚书兼詹事,即金忠也。洪熙初,追赠少师,谥忠襄。子达,方十岁,授检讨,还乡支俸。幼童荫官,实自此始。其际遇亦奇极矣!

甲申庶吉士

永乐甲申会试,取杨相等四百七十二人,遵乙丑例也。殿试首甲曾棨、周述、周孟简三策,皆有御批。二甲前数名俱刊策,而附读卷官姓名,批语于后。选庶吉士入翰林,则刊策者皆在,且分二等。作文者:杨相、王训、王直、吾绅、刘子钦、彭汝器、章朴、熊直、王道、卢翰、柴广敬、余学夔、洪顺、段民、沈升、罗汝敬、宋子瓘、周忱、秦政学、徐安、周文、李宁、张彻、欧阳俊、梁任、曹景辉、陆孟良、萧省身、刘孟铎、张宗琏、田忠、曾与贤、洪钟、陈满、萧清、刘绍、林凤、张宪、殷昺、严光祖、徐顺、孙子良、李昌祺、涂敬、萧宽、褚让、独孤乐善、陈士启、曾慎、魏骐、吴惇。习字者:王英、汤流、余鼎、孙奉、李永年。皆支从七品俸,以二甲进士也。作文者:章敞、倪维哲、李时勉、陈敬宗、袁添禄、杨勉、李贞、江铁、许璿、王仲寿、李迪、杨灿、李衡、陈纲、董镛、刘子敬、陈伯恭、陈资善、赵曾、刘刚、龙仪、赵济、刘澄、黄阳、赵理、漆霁、韩庸、史彬、赵琰、徐观、樊静、曹彦昌、田埔、王宅、叶贞、陈兴、俞礼、赵浚恭、潘中、徐聆、胡秉彝、周志义、俞益、曹睦阳、仪凤、谭原性、陈旭、罗处富、邢旭、曾恕。习字者：袁迩、周远、钟旭、彭礼、戴弘演。皆支正八品俸，以三甲进士也。凡百有十一人，选首甲三人，二甲杨相至罗汝敬，王英至余鼎，三甲章敞至杨勉，凡二十八人，以应二十八宿，进学文渊阁，而周忱自陈，亦与焉。余八十五人，惟于本院待选而已。每月奉旨赐读书秀才曾棨等灯油诸费，而忱不与。次科丙戌，首甲林环等三人，及三月二十日覆考举人周翰、蓝昂，赐冠带，支教谕俸，俱与曾棨等同读书，月赐亦如之。而文翰优等庶吉士朱瑢等十三人不与。其后进学内府者，凡六年，惟王直、王英、余学夔、余鼎、罗汝敬、彭汝器，授修撰，余多为刑部主事。至戊戌六月，侍读李时勉、侍讲陈敬宗，皆以刑部主事改，而周、蓝二举人，仅三年，得授典籍。盖史馆清华，官不轻授如此。

洪 恩 灵 济 宫

永乐丁酉二月，建洪恩灵济宫于北京皇城之西，祀徐知证及其弟知谔。初，其父温事吴杨行密。及温养子知诰代杨氏有国，复姓李，改名昪。是为南唐，封知证为江王，知谔为饶王。尝帅兵靖盗，闽人德之，立生祠于闽之鳌峰，累著灵应。然温公《通鉴》书知谔为南唐镇海节度使兼中书令、梁王，卒，谥曰怀，而知证无可考。盖皆没而为神者也。宋高宗赐祠额曰"灵济"。入国朝，灵应尤著。有道士曾辰孙者扶鸾，则二神降之，文皇帝遣人祷祠辄应。间有疾，问神，神降鸾，书药味。如其法服之，每奏奇效。辰孙大被宠赉，因请建宫加额，于是封知证为九天金阙、明道达德大仙、护国庇民、洪恩真君，知谔为九天玉阙、宣化扶教上仙、辅国佑民、洪恩真君。江、饶王爵如故，仍命礼部新鳌峰之庙，春秋致祭，给洒扫五户，御制碑文，系以诗，有曰："天产英灵为世杰，出入幽明犹一观。生著勋劳保瓯粤，没为明神崇伟烈。"亦不称其为仙真也。尝遣礼部尚书往鳌峰易其真衣，谓之挂袍，颇大劳费，后乃改遣太常寺官焉。

营 建 祥 异

文庙初嗣大统，即诏以北平为北京。每巡幸，称行在，设行部官，开科曰"北京行部乡试"。永乐四年七月，文武群臣、淇国公丘福等，请建北京宫殿，以备巡幸，从之。于是命官采办大木。十四年十一月，以营建重事，乃命群臣会议，皆以为宜。十五年十一月癸丑，建立奉天殿、乾清宫。己未，督工泰宁侯陈珪等，奏"二处俱现五色瑞光，卿云瑞霭，细缊流动，烂彻霄汉"。庚申，金水河冰凝，异瑞体具诸像。至己巳，卿云呈彩，五色轮囷，变化卷舒，弥满殿间。卿云内又出五色瑞光，团圆如日，正当御座。已而西度宫苑，映上今所御殿廷，终日不收。官军人匠，群目共睹，礼部于是行翰林院撰表。壬申，群臣称贺。十九年正月，郊社、宗庙、宫殿告成，乃置曹司，一依金陵旧制，仍称行在。是年四月庚子，奉天三殿灾，上承天心仁爱，兢惧靡宁，于是大赦天下，诏求直言。敕尚书蹇义等，偕给事中二十六人，巡行天下，安抚军民。而言事给事中柯暹，御史何忠、郑惟桓、罗通，皆升知州。主事萧仪言尤峻直，上曰："方建都时，朕令大臣会议，非轻举也。幸赖夏原吉匡救，反灾为祥，永孚于休，夫岂无自哉？"正统辛酉，始定为京师，革行在之称云。

观 灯 应 制

永乐己丑，令自正月十一日为始，赐元宵节假十日。壬辰正月，赐文武群臣宴，听臣民赴午门外观鳌山，岁以为常。户部尚书夏原吉，侍母往观。上闻，遣中官赍钞二百锭，即其家赐之，曰："为贤母欢也。"自是车驾驻两京，皆赐观灯宴。上或御午门示御制，使儒臣奉和，览而悦之，赐以羊酒钞币。时评应制诸作，以陈侍讲敬宗五首为工。其一："皓月金门夜，和风玉殿春。云移三岛近，灯簇万花新。天仗临丹宸，星桥接紫宸。中官宣德意，燕赏及词臣。"其二："紫禁疏钟静，高城刻漏传。五云迎宝盖，万炬缀金莲。琼醴行仙席，龙盘进御筵。教坊呈百戏,齐过玉阶前。"其三:"剑珮青霄近,峰峦翠阁重。花明金锃月,香度玉楼风。拜舞诸番集,欢娱万国同。遥闻歌吹发,五色庆云中。"其四:"紫陌连青禁,彤楼接绛河。九门星彩动,万井月华多。宝炬通宵朗,鸾笙叶气和。臣民涵圣泽,齐作太平歌。"其五:"山拥金鳌壮,云盘彩凤来。银河随斗转,珠阙倚天开。欢洽春声遍,恩从淑气回。愿歌鱼藻咏,长奉万年杯。"

驾 驭 文 武

国家所以驾驭文武者,惟擢用与承袭而已。文则藩臬,武则卫所,内外弛张,使恩威莫测,惟文庙为然。永乐初,擢前工部右侍郎张显宗为交阯左布政使,右通政兼中允仪智为湖广右布政使。十年十二月,擢进士周文襄为河南左布政使,黄泽为左参政,陈祚为右参议,监生梁通为河南按察使,进士杨政、监生刘智为副使。十一年四月,升兵部右侍郎徐铭为山西左布政使,户部右侍郎张春为右布政使,鸿胪寺右少卿王玘为山西按察使。十八年闰正月,人材十三人。擢左布政使四人:马麟湖广,盛颐江西,俞景周山东,周克毅广西。右布政三人:孙豫山西、江润河南、艾瑛浙江;左参政二人:陆勉四川,吴衡陕西。右参政二人:杨敬福建,李泰广东。右参议二人:赵瑛江西,金恕山西。皆以布衣而跻方面极品,尤异事也。相传文皇夜梦十三人共扶一殿柱,又一马遍身生鳞。明日引见数合,而麟居首,故有是命。七年二月,御史林道、许信、于贤,以在任平常,送泰宁侯处为办事官。至十九年正月二十一日,阳武侯薛禄,于奉天门口,奏三人办事勤谨,今十二年矣,奉旨送吏部还职。又有发充交阯为吏,如给事中罗亨信者,或充驿夫者,后皆复官,不能尽记也。武官子弟袭职,洪武故事。初比试不中,许袭职,支半俸。逾二年复试,支全俸。不中,仍减半。又二年,亦如之。三试不中,发充军。子患残疾、不能承袭者,月支俸三石。十年内有子,仍袭祖职;十年外,不准袭,令为民。永乐中,命一试不中,戍开平;再试不中,戍交阯;三试不中,戍烟瘴之地。以警励之。行五年而复旧例。其以奉天征讨得功者,谓之新官,子弟年十六承袭,且免比试。子患残疾者,给全俸终身;十年后有子,俱准承袭。视旧官优厚甚矣。

临莅本贯

永乐甲申七月,改陕西右布政使杜智为左,而以刑科都给事中西安杨恭代之。入谢,以本贯辞,弗许,寻选一能者往察之。问礼部尚书吕震,震举主客郎中吴江平思忠,遂擢参政。思忠起家县吏,精敏机谲。其养子安,私以纱罗度潼关,为抱关者所发。时思忠他出,恭命收而勿籍,待其归付焉。思忠感愧,不复敢言其短。久之,恭竟坐罪,谪陕西行都司办事官。辛卯十二月,上念恭洪武中近臣,被黜于建文时,特宥之,复其原职。又许廓者,家开封之襄城,贡入太学,累官工部左侍郎,奉敕巡抚河南。时流民甚众,亟奏蠲积年逋赋,减免丁夫,禁豪右逼索私负。于是民渐复业。还朝,升兵部尚书,降敕奖之。樊敬,字守一,兖州郓城人,丁丑再试进士。永乐中,为左通政,镇守济宁,以行军司马行事,升刑部左侍郎。三人者,皆临莅本贯,亦异事也。

周 宪 使

吾广南郭外有高第里,周宪使新家焉,初名志新。己卯乡举,入太学,筮仕大理评事,改御史,受知于文皇帝,尝呼为周新,因以志新为字。弹劾不避权要,人呼为冷面寒铁。永乐元年,巡按福建,奏言:"朝廷设立军民诸司,彼此颉颃,两非统属。今都司所辖各卫,每府官过门,或遇诸途,辄怒府官不下马,甚至鞭辱仆隶。卫所公务,径行有司理办,稍不从,即呵责吏典。请自今府卫相见,行平礼,遇诸途,则分道而行。所有公务,不许径行府县,有司官吏,毋得凌辱。遇圣节正旦冬至,在外卫官,悉于府治行礼,开读诏书,虽边海卫所,亦从布政司差人,都司毋与。"上悉从之。二年,巡按北京,时制令所属吏民,有犯徒流者,免罪,就发北京民稀处种田。监候详拟,往复数月,多死

狱中。新奏"请今后死罪、及职官有犯,详拟待报。其吏民犯徒流者,
悉从北京行部或巡按详允,就发种田。如此,则下无淹滞之患,上不
负宽恤之恩矣"。上谕都察院官曰:"御史言是也。"且命北京百姓有
犯应决者,许收赎。燕民大悦。三年九月,升云南按察使。境中有虎
害,为文告城隍,须臾得虎,格杀之。初来时,道上蝇蚋迎马而聚,尾
之,见一暴尸,惟小木私记在,收之。及履任,令人市布,得相同者,鞫
之,即劫布贼也,悉以其赃召给布商家。家人大惊,始知其死于贼也。
六年三月,改浙江。有冤民淹系,闻之,喜曰:"冷面寒铁公来,吾无患
矣。"及至洗其冤,放之。一日,视篆,忽旋风吹异叶至前。左右言城
中无此木,独一僧寺有之,去城差远。新悟曰:"此必寺僧杀人,埋其
下也,冤魂告我矣。"发之,得妇人尸,僧即款服,人称为神明。一巨商
远回,未抵家,日暮,恐为人所图,潜以其赀埋一祠石下。至家,妻问
之,告以故。明日掘之,无有也。往诉之新。新曰:"是必而妻有外遇
也。"核之,果然。盖归语妻时,搂之者窃听,先往取之矣,遂并治之。
会夏秋霖潦,洼田尽没。永乐九年,湖州府无征粮米十七万二千四百
余石,所司一概催征,民日逃亡。奏乞遣官覆验,上即命户部核实蠲
免。时锦衣卫指挥纪纲使千户往浙缉事,犯赃,新捕治之。千户脱
走,诉于纲,纲奏新专擅。时方进须矩至涿州,上命官校逮新。既至,
抗声陈其罪,且曰:"按察司行事,与在内都察院同,陛下所诏也。臣
奉诏擒奸恶耳。"上怒,命僇之。临刑,大呼曰:"生为直臣,死当作直
鬼。"上寻悟其冤,顾侍臣曰:"新,何许人?"对曰:"广东。"叹曰:"广东
有此好人。"称枉者再。后纪纲坐罪伏诛,其事益白。同里彭参政森作
传,谓上尝见有衣红立日中者,问为谁。曰:"臣,周新也。上帝以臣
刚直,命为城隍。"言已不见。天颜怃然。杨都宪信民巡抚时,其夫人
犹在,贫居如洗,每赒以俸给,语人曰:"周志新,当代第一人,吾党所
不及也。"

龙　　马

永乐庚子十二月,青州府诸城县民崔友谅,家有牝马,常浴于清

水潭,云雾兴腾,若有物与交。及生驹,色青苍而麟臆肉鬣,龙文遍体,形状非常。有司进于廷,文武百官表贺,以为龙马。按《宋学士集》,洪武四年六月,伪夏明升降,献良马十,其一白者,产自贵州养龙坑,与此相类。盖乾象飞龙,坤象牝马,阴阳配合,繋理之常者耳。

玉 箫 宫 词

曦仙《宫词》曰:"忽闻天外玉箫声,花底徐行独自听。三十六宫秋一色,不知何处月偏明?"王司彩《宫词》曰:"琼花移入大明宫,旖旎浓香韵晚风。赢得君王留步辇,玉箫辽亮月明中。"是时贤妃权氏、顺妃任氏、昭仪李氏、婕妤吕氏、美人崔氏,皆朝鲜人。权尤秾粹,善吹玉箫。永乐八年,侍上征虏,还至临城,薨,谥恭献。朝鲜国王李芳远,驿送妃父权永均至。拜光禄寺卿,食禄不管事,寻遣归国,贡女不复至。圣德刚明,不为蛊惑如此。

首 甲 朱 书

永乐甲辰进士,邢宽第一,梁禋第二,孙曰恭第三。首甲姓名皆朱书,前此所未有也。先是,读卷官奏以曰恭为状元。上以其名类暴,而易以宽。相传文庙谓"曰"为"日",杨士奇以"曰"对。问:"何以知之?"曰:"臣闻名子者,不以日月,不以山川,以是知之。"榜出,人以朱书之异,喧谓三人者必大用也。然禋终编修,曰恭终侍读。景泰壬申,宽以侍讲起复,适南京掌院员缺,吏部推宽,命以本职往莅。内阁奏言:"宽学行老成,使以属官从公卿后,事体未便。"乃得升侍读学士。甲科至是将三十年矣,竟终于五品。

古 注 疏

经书注疏,《语》"仁者静"。孔安国曰:"无欲故静。"周子取之。《易》:"利贞者性情。"王弼曰:"不性其情,何能久行其正?"程子取之。

予谓，一人之心，天地之心也；一日之动，一岁之运也。喜怒哀乐未发之前，声色臭味未感之际，所谓人生而静，天之性也。太极，浑沦之体也，及感物而动，则性荡而情矣。群动既息，夜气清明，然后情复于性，与秋冬归根复命之时，亦奚异哉！故君子自修，亦不远复而已，予于注疏二言深有取焉。自永乐中，纂修《大全》出，谈名理者惟读宋儒之书，古注疏自是废矣。

过 揲 九 六

易，变易也。阴阳不测谓之神，神无方而易无体。故七八不变则有方，体也；九六变则无方，用也。《乾》言用九，《坤》言用六，以为诸卦占例。晋韩氏康伯注，《乾》之策二百一十有六，曰乾一爻三十有六策，取其过揲四分而九也。《坤》之策一百四十有四，曰坤一爻二十有四策，取其过揲四分而六也。是则二十有八策为七，三十有二策为八，其不用可知。宋沈括始以过揲之余，三少为乾，老阳；两多一少，则少者主之，为震、坎、艮，少阳；三多为坤，老阴；两少一多，则多者主之，为巽、离、兑，少阴。《朱子本义》与《筮仪》微有同异，故《易学启蒙》列图明之，皆徇括说也。然韩氏《易简》，得《系辞》之旨矣。

解 氏 兄 弟

士君子敬慎其身，货利逸游，不可以不戒。吉水解纶、解缙者，从兄弟也。洪武戊辰同登进士，纶为礼部主事。始以多占官房，赁与客商买卖，取觅钱钞，犯该充军，上宥之矣。已而私出门禁，收买菱米，疑忌朝廷，不带家小，累宥还职。寻改应天府学教授。乃因库子粜米吓取钞贯，索膳夫买办什物，为生员讦告。二十七年，坐罪诛死。缙，文学书札，高出一时，为中书科庶吉士，授御史。坐轻脱，谪河州吏，建文召为文渊阁待诏。永乐初，为学士，更名荐。已而复旧，其轻脱犹故也。在内阁，坐廷试读卷不公，出为广西布政司参议。寻有言其漏泄建储时密议者，遂改交阯。时检讨王偁亦以罪谪，二人遂共趋广东，娱嬉山水，奏请凿赣江以便往来。上怒，征缙并偁下狱，俱死狱中。呜呼！兄弟同登甲科，世所奇也。然一死于货利，一死于逸游，可不戒哉？

观　物　吟

客有手一钜编赠予者，乃录本《观物吟》也，作者为道士邓青阳羽。自言居武林时，忘情消白日，高卧看青山，动落花流水之机，适闲云幽鸟之趣。遂成意外不期然而然之句，初无意于诗也。予爱其一绝云："人生天地长如客，何独乡关定是家？争似区区随所寓，年年处处看梅花。"其中所存，可概见已。隐居在武当山之南岩，永乐中不知所往，人以为仙去。

卷第四

圣子神孙

永乐间，国势安于泰山，人心逾于拱极者，以有圣子神孙也。仁庙在东驾，一日，侍侧，上问："今日说何书？"以《论语》和同章对。因问："何以君子难进易退，小人易进难退？"对曰："小人逞才而无耻，君子守道而无欲。"又问："小人之势长胜，何也？"对曰："此系乎上之人好恶。如明主在上，必君子胜矣。"又问："明主在上，都不用小人乎？"曰："小人果有才不可弃者，须常警饬之，不使有过可也。"上喜其学问有进，谕右春坊大学士黄淮、左谕德杨士奇曰："尔等其尽心辅之。"端午节，车驾幸东苑，观击球射柳，听文武群臣、四夷朝使及在京耆老聚观。自皇太孙而下，诸王大臣，以次击射。太孙击射，连发皆中，上大喜。射毕，嘉劳之，因曰："今日华夷毕集，朕有一言，尔当思对之，曰'万方玉帛风云会'。"太孙即叩头对曰："一统山河日月明。"时年十五矣。上喜甚，赐名马锦绮诸番物，遂命儒臣赋诗，大宴群臣，尽欢而罢。夫燕翼贻谋始自蒙养。而昭皇之临下，仁声洋溢；章皇之驭寓，义问宣昭，具见于此矣，故特书之。

诗 歌 纯 粹

仁庙潜心经学，礼重宫寮，文仿欧阳，诗尚《选》体。宣庙承之，天资颖异，制作如《广寒殿记》之类，虽巨儒莫及，诗歌词理尤纯粹，敬抄数首以概见之。《招隐》曰："天之生贤，道蕴厥身。幼学壮行，致君泽民。伊、傅、孔、孟，皆古君子。孜孜行道，未尝忘世。秦汉之衰，以退为贤。绝类离伦，岂非违天。嗟哉若人，于世奚补。区区百年，草木同腐。予嗣祖宗，统临万邦。求贤图治，宵旰遑遑。群才偕来，布列在位。道行身尊,百世之贵。缅彼山林,岂无遐遗。往而不来,悠悠我思。漱石枕流,远引高蹈。虽逸其身,而悖于道。《卷阿》之诗,梧桐凤凰。尔其幡然,予将尔扬。"《望崇文阁》曰:"岩峣崇文阁,乃在城北隅。登高一睐望,翚飞切云衢。其上何所储,千载圣贤书。其下何所为,衣冠讲唐虞。国家久兴学,侧伫登俊儒。愿此阁下人,勉哉惜居诸。"《凤凰台歌》曰:"亭亭凤凰台,乃在城南端。秦淮西流绕其下,钟山石城龙虎盘。昔宋元嘉中,传闻下三凤,粲粲五色毛,百鸟为之从。乍来忽去今几秋,寂寞高台成古丘。梧桐零落篁竹晚,澹烟芳草天悠悠。于嗟凤凰乃灵鸟,虞周以来见应少。偶然一出鸣此山,遂有声名著江表。尝闻唐世御史陈嘉谟,朝阳鸣凤众所誉。逝将筑台礼贤士,庶有昌言日起予。"燕饯少保大学士黄淮于西苑,赐歌曰:"天香早折仙桂枝,笔花五彩开凤池。蓬莱芝山直奎壁,近侍九重天咫尺。永乐圣人临御初,鞠躬稽首陈嘉谟。仁皇监国文华殿,左右谋猷共群彦。朕承大宝君万方,相与共理资贤良。倾心写情任旧老,而卿引疾先还乡。五历星霜复相见,霜鬓萧萧秋满面。是时朝旭光升紫殿明,相对清言良慰情。留之累月未尽意,归心又欲东南征。太液清泠涵碧藻,杨柳芙蓉相映好。凫鹭鸂鶒弄澄波,紫雾红云拂琼岛。芳殽在俎酒在壶,工歌《鹿鸣》续《白驹》。君臣大义士所重,心须廷阙身江湖。雁荡峰高青不极,中有谢公旧游迹。采芝薖苓可长年,应在天南忆天北。"淮归,刻诸石,作奎文亭覆之。尤多六言,《过史馆》曰:"荡荡尧光四表,巍巍舜德重华。祖考万年垂统,乾坤六合为家。"《上林春色》曰:"山际云开晓色,林间鸟弄春音。物意皆含生意,吾心允合天心。"二诗家传人诵,京师有石刻摹本。又《咏撒扇》曰:"湘浦烟霞交翠,剡溪花雨生香。扫却人间炎暑,招回天上清凉。"与前作皆一视同仁气象,真帝王之言也。

文 渊 阁 铭

宣庙《御制文渊阁铭》,有叙曰:"古昔帝王之有天下,既建朝堂以听政,则必有怡神养性之所,萃天下之书,延天下之士,相与讲论道德,而资启沃焉。我太祖皇帝始创宫殿于南京,即于奉天门之东建文渊阁,尽贮古今载籍,置大学士员,而凡翰林之臣,皆集焉。万几之暇,辄临阁中,命诸儒进经史,躬自披阅,终日忘倦。以天纵之圣,加日新之学,道德之懿、仁义之实,充然洽于天下矣。太宗皇帝肇建北京,亦开阁于东庑之南,为屋凡若干楹,高亢明爽,清严邃密,仍榜曰‘文渊’,其设官一如旧制。分南京所藏之书实其中,自《六经》之外,诸史百家,靡不毕备。其所以明道兴治、以继先志而裕后嗣者,规模弘远矣。予承皇考仁宗昭皇帝丕绪,嗣守列圣洪业,夙夜兢惕,罔敢怠遑。思惟经以载道、史以载事,百氏之文,亦所以羽翼斯道者也。于是听政余闲,数临于此,进诸儒臣,讲论折衷,宣昭大猷,缉熙问学,庶几日就月将,造乎其极。上可以承祖考付托之重,下可以福黎庶而慰其仰戴之心。而斯阁之杰然者,亦光远有耀矣。乃为之《铭》,《铭》曰:‘於昭天文灿壁奎,国家书府此其仪。文渊之阁屹巍巍,古今载籍靡有遗。三王二帝轩与羲,文章道德后世师。祖宗圣学于缉熙,辅相天地福黔黎。神而明之咸在兹,肆予承统御华夷。善继善述敢或隳,圣经贤传乃所资。万几之暇乐忘疲,上绍列圣之弘规,下使兆姓皆恬熙。刻铭兹阁万世贻,斯文丕阐天相之。’”观圣言则阁为天子讲读之所,非政府也,故列凳侧坐而虚其中,以俟临视。洪武中,代言修书、授诸王经者皆在。而户曹张赏,赐次于旁,用备赍予。永乐初,命侍读解缙等七人入掌密勿,凡行移称翰林院内阁官,传旨条旨,则与尚书蹇义、夏原吉同事,而学士王景辈不与焉。缙等迁至大学士,惟胡俨寻擢祭酒。庚寅二月,俨兼侍讲,再入阁。有诗云:“承乏词林愧不才,重承恩诏直芸台。筵前视草频封检,带得天香满袖回。”盖词臣入直之常尔。洪熙初,阁老皆跻保傅,参预几务。惟在北京,宣德时,临视至再,始设庖厨,不复退食于外,而出掌部者不再入。正统初,开经筵于文华殿,圣驾自是罕至。传旨则中官专之,惟条旨墨书小票,司礼监用朱批出,间有依违,而他官不与。迨徐武功、李文达掌文渊阁事,始以政府视之,人亦称为宰相矣。

太孙侍从

宣庙年九岁,出阁就学,时永乐丁亥四月也,命姚广孝及翰林待诏鲁瑄、郑礼等讲读。寻召前礼部郎中兼赞善李继鼎说书,不置寮属。明年冬,命文武大臣、内阁及东宫官兼辅导之任。时仪智谪役通州,召为礼部左侍郎,始授经焉。太孙呼为先生而不名。壬辰春,命兵部遣人往两直隶、江北、河南、山、陕、荆、蜀,选良家子弟年二十以下、勇健有材艺者充随从。太孙学问之暇,讲习武事,自是时常出猎。上闻进士高等戴乾、刘翀、饶安三人在翰林修书,简翀为礼科给事中。又闻国子学录王让孝于其亲、而史科给事中张瑛善说书,皆使侍焉。智以年老,荐同乡训导戴纶,即擢礼科给事中。寻用史科给事中陈山。庚子九月,擢教授蔺从善、林长楙、教谕徐永达俱编修,教谕张昱、韩岫、刘顺俱国子博士。翀坐事谪判九真,惟瑛、纶、山、让、从善、长楙、永达七人侍从授经。长楙力谏出猎,纶则疏言其非。初不知本文皇意也。及即位,山为户部尚书兼谨身殿大学士,瑛为礼部尚书兼华盖殿大学士,让行在吏部右侍郎,纶行在兵部右侍郎,从善学士,永达鸿胪卿,长楙郁林知州。宪副宋立斋端仪曰:"长楙、纶素强谏,不少诡随,最为宣庙所不乐。瑛、山每顺旨,以故大被宠信。"初,遣纶往镇交阯,而长楙坐怨望,下锦衣狱,并出其弟刑部主事遒节判庆远府。及得纶所上疏,令长楙以罪连及,械纶至京师,置狱以死。纶诸父河南守贤、太仆卿希文,亲族百余口,被逮籍没。长楙坐禁系十年。正统初,赦出之,仍守郁林。而希文幼子被宫,赐名怀恩,后为司礼太监。其随从幼军二万余人,隶府军前卫,年至六十老疾者,兵部奏请疏放,仍于本州县照名选补。

孝子擢大学士

孝子擢官者,洪武中易州涞水县民李得成,卧冰求母尸,举孝廉,为光禄大官署丞,后至布政使。永乐中,金吾右卫总旗张法保刲肝及臂为汤液,以愈祖母,擢尚宝司丞。南昌武宁县民陈仲贤刲肝及股以愈其母,事闻,召至京,擢鸿胪司仪署丞,赐冠带,驰驿归侍,俱旌表其门。又有升官者,石州学正凤翔梁准,母丧,庐墓哀毁,有群鸟飞鸣庐上,所种树有鹊来巢。永乐丙申,有司上其事,擢为均州知州。洪熙元年三月壬申,升前光禄寺署丞权谨为文华殿大学士。谨,徐州人,自幼丧父,由求贤举保知乐安县,移母就养。九年考满,改署丞,患眼疾,记名放回。母病,吁天求以身代。永乐壬寅,母卒,庐墓三年,朝夕哭奠,不御酒肉,乡人称其孝。有司上其行,驿召至京,上曰:"能孝者必忠,忠孝之人可任辅导。"遂超升是职,俾侍东宫。谨质实有操履,而文章非其所长。宣庙即位,以其年老,改通政司参议,致仕。按,文华殿大学士在洪武中惟上海全思诚、乌程张溥,至谨三人而已,岂非异数哉?

陈情愿仕

洪武丁卯三月,国子生古朴奏言家贫愿仕,冀得禄以养母。上嘉之,除兵部主事,迎养就京师。永乐丁酉六月,潮阳县儒士郭张善自陈幼孤,赖继母抚教,愿出仕报效。上令翰林院试其文,可取,诏授检讨。观此二事,则知祖宗所以教人孝者,至矣。洪熙乙巳十二月,以吕熊为行在兵科给事中,礼部尚书震之子也。震恃靖难时守城功,数于上前陈情恳乞熊官,至于流涕。上不得已而与之,大为士论所鄙。宣庙之宽仁如此。

端　本　策

宣宗初嗣位,汉中府学训导李蕃进《端本策》:其一,正君德为端万化之本。其二,明储辅为端万代之本。其三,厚王国为端亲睦之本。其四,重祭祀为端孝敬之本。其五,务农桑为端富庶之本。其六,崇学校为端教导之本。其七,慎铨衡为端黜陟之本。其八,择守令为端牧养之本。其九,严风宪为端委任之本。其十,信赏罚为端政令之本。其十一,厉廉耻为端纲维之本。其十二,杜徼幸为端仕进之本。其十三,旌直言为端视听之本。其十四,省玩好为端尚御之本。其十五,修武备为端捍御之本。其十六,汰僧道为端习俗之本。洪熙元年六月也。上嘉纳其言,擢兵科给事中。予按,洪武辛未,南丰县典史冯坚言九事,擢左佥都御史,二人正堪作对。章皇之用人,视烈祖有光矣。

卢师二青龙

京城西平则门外三十里卢师山,相传,隋末卢禅师居山之秘魔岩,有青衣二童子事之。值旱,投池中,化为二青龙,天因大雨,其后有祷辄应。今东北山峡间,小池嵌空,圆窦二尺许,水清滢,涓涓不竭,即所蛰处也。洪熙初,久不雨,真人刘渊然辈祷皆不应,遂往是祷焉,甘雨随注。仁庙大说,诏封大青龙神曰:"弘济",小青龙神曰:"灵显",命礼部春秋仲月遣顺天府官致祭。正统丙辰四月,翰林修撰周叙、尹凤岐、习嘉言、陈叔刚,编修孙曰恭,主事刘球、洪玙,约望日往游,前期谂寺僧,曰:"二龙去留无常,近日大青见寺中,今尚在,至望,可见,而未敢必也。"及期,登山至寺门,僧群哗曰:"小青至矣。"比入方丈,则二青皆盘旋佛座间。僧曰:"小青不见半岁矣,闻翰林诸公来而复集,昭其灵也。"众叹异者久之。往寻所蛰处,复至秘魔岩,又东过清凉寺,遂下山而返,回望山有云气。抵京城,雨大至,乃取唐人"杏阁披青磴,雕台控紫岑"为韵,分赋一诗,而叙记其事如此。

台官占后星

永乐丁酉,皇太孙将婚,台官奏后星直鲁分野。时济宁胡荣有长女善围为女官,授锦衣卫百户,遇例免归。第三女善祥居小楼,每旦,红白气绹缊绕户弥月。里间聚观,以为瑞。至是,太监黄琰驰驿至鲁,果与选焉。彭城伯偕其母,亦受命选妃,抵河南永城,以县簿孙忠第四女应命。忠,邹平人也。直齐分野,女美在胡上,然竟册胡为妃以应占,而孙次之。宣庙即位,胡为皇后,孙为贵妃。荣自光禄卿擢都督金事,而忠以序班超擢,与荣同。寻赐孙以金册金宝,示宠异也。宣德丁未,孙诞长子,胡上表让位,退处别宫,号静慈仙师,而孙正位中宫。越三年,封忠会昌伯,追赠三代。焚黄还,上偕中宫夜幸其私第,慰劳之。张太后怜胡贤德,令入居清宁宫,燕飨必居孙上。正统初,张太后为太皇太后,孙为皇太后,胡逊处其下。八年,胡痛哭太皇成疾,十一月殂,以嫔礼葬西山。天顺中,孙太后崩,母仪天下凡四十余年,而胡始追谥恭让诚顺康穆静慈章皇后,计其在后位仅二年尔。台官之占,固未尽验也。故曰:“人道迩,天道远。”

都 堂 先 兆

兰溪邵都宪玘,宣德中,掌南京都察院,奉命考察御史,黜其不肖者二十余人,既明且公,与北院顾公佐齐名。先是左都御史陈瑛以酷诛,右都御史刘观以贪诛,然犹效尤成风,赃秽狼籍。至是,宪台为之廓清。玘少孤力学,每日黎明赴馆,尝过厉坛,闻其中啾啾驰骤,一鬼叱曰:“邵都堂来矣,尚扰攘邪?”心私识之。一日渡西门河,大风覆舟,独为水漂至岸而免。甫起时,有物负其足,既登岸视之,尸也,收而瘗之。夜梦来谢曰:“感都堂厚恩。”其先兆如此。永乐丙戌,登进士,为御史。宅母忧时,哀毁尽礼,所居产芝者再。历官陈臬,所至有声,盖孝廉人也。

秦 新 名 讳

秦始皇名政,讳正月,音征,至今因之不改。宋仁宗名祯,讳贞为正,如“贞观”则曰“正观”,“贞元”则曰“正元”之类是也。易世之后无复讳之者,岂仁宗之仁不及秦政之暴邪? 王莽下令,天下不得有二名,虽匈奴单于囊知牙斯,亦改其名曰知。东汉君臣迄于三国,皆因之。后魏孝文帝变夷从夏,凡虏复姓皆更易以效中国,如拓跋则为元氏之类是也。曾未几何而恭帝已复拓跋氏矣。宇文周出而尽复之,甚或更高欢氏贺六浑、杨坚氏普六茹。计孝文之令仅行于数十年间，曾不若新莽之远也。以臣篡君者乃行于外夷，用夏变夷者反不能行于中国，二者皆愚所未解也。以此言之，因袭之弊，曷常分别善恶哉？乡俗鄙习，牢不可破；先王典礼，废而不行，大抵类此。

宋 元 伦 理

伦理莫大于君臣父子，此而不明，何以为国？宋理宗无子，以母弟嗣，荣王与芮子禥为后，即度宗也。既即位，加与芮武康宁江军节度使，依前太师判宗正事。咸淳三年，上太后尊号，册封后妃，然后与芮进封福王，主荣王祀事。五年，加食邑一千户，此外无殊礼矣。度宗入继，与汉安帝同，然清河王庆薨在安帝即位初，与芮则宋亡后犹在，子为君，父顾为臣，无乃舛与？《史记》："舜践帝位，载天子旗，往朝父瞽叟。"虽禅继不同，然用伊川濮议，尊为福国太王，朝用家人礼，则善矣。皇太子，国之储贰，必君之嫡长居之，然后名正言顺。唐不师古，以为追赠，是以官爵视之也。岐、薛本兄弟尔，乃谥以太子，甚为无谓，然犹行于既没也。胡元武宗、文宗皆立其弟为皇太子，伦理何在？民俗化之，彝伦不序。故高皇帝禁约榜文曰："以弟为男，不思弟之母是何人？"

於乎！人伦至我朝，真大明之世哉。

经 书 对 句

宋人制诰章表，四六骈俪，多用经书句，谓之天生自然对，如"天维显思，民亦劳止"，"惟女一德，于今三年"，"有能奋庸，爰立作相"，"行此四德，弼予一人"，"文王之德之纯，周公之才之美"，"皇极锡五福，大臣虑四方"，"闲暇而明政刑，会通以行典礼"，"礼乐自天子出，笾豆则有司存"，"於缉熙单厥心，念终始典于学"，"欣欣然有喜色，荡荡乎无能名"，"睦族以和万邦，明伦以察庶物"，"率百官若帝之初，于万年受天之祜"，"发号施令罔不臧，陈善闭邪谓之敬"，"知微知彰，不俟终日；有严有翼，以奏肤公”，“上帝临而无贰无虞，三事就而不留不处”，“闻俎豆未学军旅之事，听鼓鼙则思将帅之臣”，“兵于五材，谁能去之；臣无二心，天之制也”，“宣聪明而有作，不作聪明；由仁义以安行，非行仁义”，“玉帛万国，干舞已格于七旬；萧韶九成，肉味遽忘于三月”，“夙夜浚明，入则宣其三德；文武是宪，出则揉此万邦”，“五百里采，五百里卫，外包有截之区；八千岁春，八千岁秋，上祝无疆之寿”，皆脍炙人口。至于诗句，如“公独未知其趣耳，臣今时复一中之”、“我觉魏徵真妩媚，人言卢杞是奸邪”、“天之未丧斯文也，我独何为不豫哉”、“何以报之青玉案，我姑酌彼黄金罍”，此则可资一笑尔。

衔 甲 吐 卷

偶读《隋书》，多四六句。如曰“衔甲示于姬坛，吐卷徵于孔室”，不知何谓？盖《诗》疏言：“文王受命，云季秋之月甲子，赤雀衔丹书入丰，止于昌户，再拜稽首受。”又《拾遗记》云：“孔子生之先，有麟吐玉书于阙里人家，云水精之子，系衰周而素王，徵在以绣绂系麟角。”岂其谓是邪？他如“羲皇出震，观象纬而法天；史颉佐轩，察蹄迹而取地”、“兼三才而建极，一六合以为家”、“鸡树腾声，鹓池播美”、“东探石匮之符，西蠹羽陵之策”、“山藏美玉，光照廊庑之间；地蕴神剑，气浮星汉之表”、“茂陵谢病，非无封禅之文；彭泽遗荣，先有《归来》之作”、“学无半古，才不逮人”、“适鄢郢而迷途，入邯郸而失步”、“枉高车以载鼷，费明珠之弹雀”、“视汉臣之三箧，似陟蒙山；对梁相之五车，若吞云梦”、“御璇玑而七政辨，朝玉帛而万国欢”、“龙逄投躯于夏癸，比干竭节于商辛”、“申蒯断臂于齐庄，弘演纳肝于卫懿”、“祁大夫之举善，良史以为至公；臧文仲之蔽贤，尼父讥其窃位”、“智侔造化，二仪无以隐其灵；明同日月，万象不能藏其状”、“峻五岳以作镇，环四海以为池”、“禀润天潢，承辉日观”、“威蕤先路，焉奕渠门”、“雨施云行，四时所以生杀；川流岳立，万物于是裁成”，皆造词绮丽，如今表判。盖承六朝之遗习，而风云月露正自不免也，“衔甲”“吐卷”四字尤奇。

典　史　大　魁

宋制进士先有官者当为状元，必逊寒畯。徽宗时，皇子嘉王楷廷对第一，诏升次名王昂为首，虽亲王亦然，惟我朝无此例。宁晋曹文忠公万钟鼐起诸生，中京闱第二名，署代州学训导事，上章言："年少寡学，未堪为师，愿就太学读书以需再试，或授别职，亦得自进。"命授幕职，遂改泰和县典史，许赴南宫，癸丑得隽，遂大魁天下，前代所未有也。后至少宰兼学士，入阁，死于土木之难。官其子恩修撰，荫入翰林者，金忠之子达、胡广之子穜，与恩才三人，自余在近侍，惟尚宝中书而已。其父子沾被，可谓奇异。

断　鬼　石

太子太保兵部尚书临漳石仲玉璞，初陈臬江西，时民娶妇三日矣，婿妇往拜其家，婿先归，妇后失之，遍索不获，妇翁讼婿杀女，婿不胜榜掠，自诬服，云"弃尸前塘中"，官使人求之，果得尸，狱成。独璞疑曰："杀其人而弃尸，非深怨者不如是也。彼初昏，方燕好，胡乃尔尔？"出囚，问曰："尔辞信乎？"囚叩头曰："信，速死，公之赐也。"屡问皆然。璞计无所出，乃斋沐，夜焚香，祝曰："此狱关纲常，万一其妇与人私，其夫既受污名，又枉死，于理安邪？天其以梦觉我。"夜果梦人赠一"麥"字，璞思曰："两人夹一人也，狱有归矣。"比明，械囚首，令待时行刑。囚未出，璞见一童子窃向门内窥，璞令人召入，曰："尔羽客，胡为至此？得非尔师令尔侦某囚事乎？"童子大惊，吐实。果二道士素与妇通，见匿之槁麦中。其事遂白，江西人号曰"断鬼石"。璞为人平易，类轻脱者，遇事刚明，凛不可犯，历官四十余年，清介如一日。致仕归，买田仅百亩。乡人有为典史归者，璞往其家，几上陈银卣，前列金杯十余，问曰："女宦几年矣？"曰："未考也。"曰："胡归乎？"曰："刁民诬吾贪，夺职。"璞曰："嗟乎！使吾治女，女焉能还乡里哉！"拂衣出。

历 事 六 科

近侍以翰林六科为清要,观洪武中文华、武英之选可知已。永乐中,徽州府学教授齐河赵文,尝乞便养,建文时,左转教谕鄱阳。既复官,罹艰。及服阕诣京,文庙甚念之,命历事刑科参驳一年,乃除岳州府学。已而诏吏部选老成能讲说者以侍东宫,上曰:"赵文可。"即召至御前,面谕,授春坊左中允,赐宴,俾为辅导。盖以向历事为优异也。宣德癸丑冬,章皇命吏部选在外庶官有文学者六十八人,令内阁试诸廷,择其优者知县孔友谅,进士胡端祯、廖庄、宋琏,教谕黄纯、徐惟超,训导娄升七人。上令改进士为庶吉士,与知县教官俱历事六科,以备用。是时合三科进士选庶吉士二十八人,与修撰马愉、陈恂、林震、曹鼐,编修林文、龚琦、钟复、赵恢,评事张益,同进学文渊阁。庶吉士分翰林、六科两等,惟此年为然。

外 任 改 京 秩

祖宗时,中外之臣,惟论品秩尊卑,未尝重内而轻外。永乐庚寅,许州知州潘文奎以事当降,近臣有荐其文学者,即擢春坊左司直郎。乙未春,湖广按察佥事王霖启言:"蕲州同知桂宗儒柔懦当黜。"据老人顾豫等言也。宗儒亦启称:"在任日浅,公差日多,乞容报效,期以岁月,果无成功,罢黜甘焉。"时东宫监国,令仍同知名色,月支米一石,在都察院问刑,以三年为期。己亥六月,以无过奏闻。上曰:"同知任职五阅月耳,何尝废事,而遽欲黜之,何不来奏,而启东宫邪?佥事其令御史诘问,宗儒在吏部听候。"霖诘问毕,九月,擢宗儒为翰林修撰。宣德丙午七月,吏部言四川按察使陈琏持宪非所长。琏,儒者,素有文学,永乐间尝献歌颂被宠任,上雅知之。召至京师,擢南京通政使,专掌国子监事。是三人者,皆由外官改京秩,而宗儒尤出异数,文奎官终参议。琏,吾广东莞人也,后至礼部侍郎。

曹月川学行

永乐中以理学鸣者,河南渑池有曹月川先生正夫_端,戊子乡荐。己丑乙榜,授霍州学正,壬寅改蒲州。教人以践履为主。日事著述,有《四书详说》、《太极西铭通书释文》、《孝经述解》、《性理文集》、《儒家宗统谱》、《家规辑略》、《存疑录》、《夜行烛》等编。其事父母,养志愉色,饮食衣服,惟务精洁。及遭丧,五味不入口,寝苫枕块,始终不易。既葬,庐墓六年。建祠堂以事先,又建义祠以荐外族之无后者,不用浮屠巫觋。诣县上书,请毁淫祠。年荒劝赈,全活甚众。屡举同僚之丧,贫不能赴任者、赒之,客死者、葬之。学徒从教、一于礼义,郡人皆熏然而化。甲辰,蒲、霍二州弟子上章竞留之。霍州先上,得允。宣德甲寅,卒于官。正统中,河南佥事姑苏张敬、渑池知县胡复立特祠。

猗　兰　操

宣庙御制四言《招隐诗》,复作七言《招隐歌》,以赐吏部尚书蹇义。又出拟《猗兰操》赐诸大臣,其辞曰:"兰生幽谷兮,晔晔其芳,贤人在野兮,其道则光。嗟兰之茂,与众草为伍,於乎贤人兮,女其予辅。"宣德壬子春,命京官三品以上举方面郡守,后又出诗歌以示意。内阁少傅杨士奇、杨荣,举交阯南灵知州黎恬、建安教谕杨寿夫、临清教谕彭琉,逾半载余,无举者,乃敕谕行在吏部切责之。八月,始以吏部员外魏骥、鸿胪寺丞周铨、吏部郎中杨应春等名上,即擢骥南京太常少卿,恬春坊右谕德,寿夫、琉行在翰林编修,铨等为参政参议副使。凡十有九人,可谓锐情旁求者矣。其令后有赃罪,并罚举者。按,高皇帝时,大学士吴伯宗坐弟仲实荐举不以实,降检讨,是亦旧章也。洪武中奏牍,凡已仕而废由荐起者,谓之闲良官。未仕者,则有贤良方正、孝弟力田、聪明正直、人材贤士、怀材抱德、通经孝廉等科。文皇帝令举沉滞下僚、隐居田里,二者以美容仪、善言语、能文章为贤而略其过。永乐己丑，取用孟周等三人以为御史，令洗雪其在前罪犯。尝顾问近臣，思得诗文之士，令其察举。尚宝少卿袁忠彻以海宁朱祚应诏，即命兵部驿召至京师，用为行在中书舍人。祚以能赋受知东宫，时皇太孙在侧，心亦奇之。及即位，擢置左右，数进其所为诗，大见称赏。考满，超授翰林修撰，历九载，进尚宝少卿。虽推举才行，而文学尤见重者如此。绳祖武，明旧章，盖非一日之故矣。

谪 官 尽 职

河南参政孙原贞奏旌贤事："故汜水县典史曾泉始由进士擢任御史，以事黜降。自宣德六年到任，操行廉谨，莅事勤能，劝学兴礼，督农事，稽女工，尤恤贫窘。无牛具者，劝与耕种，乏绵花者，借与纺织。时历乡村，察其勤惰，以示劝惩。又率民垦荒田以收谷麦，伐材木以易货财，用以纳逋税、办军需。官有储积，民无科扰。以其羡余造船以备偿运，置棺以助死丧。历任三年，俗淳讼简，家给人足，然其所以裕民者，不过用民力、因地利，以阜其财、厚其生耳。圣明在上，郡邑率多俊人，然求其用心之勤、治事之能、见效之速如泉者，不多得也。臣至其邑，泉没已三年，民之怀惠，至今称之，乞敕该部核实，原其过名，追复其官，以为天下士风之劝。"泉，字本清，吉安人。谪官尽职，可谓贤矣。近时贬秩者，张旧荣戟，服旧彩章，气枭然，藐视民事，若不干涉，真泉之罪人哉！

赐 降 虏 姓 名

永乐中，迤北虏酋率众降附者，悉赐姓名，拜官都督至百户有差。既奠居，则给与牛羊孳牧，前后凡数十人，其最可称者，吴允诚、金忠。允诚本鞑靼平章把都帖木儿，尝率骑士往征亦集乃，多所俘获，战必尽力，部将胁其妻子，亦不肯叛，仍擒叛者以献，累功封恭顺伯。忠本元大将也先土干，永乐癸卯来归，封忠勇王。宣德戊申，扈从巡边，遇兀良哈万众入寇，奋前斩馘，累加太保。此二人效用，虽汉之金日磾、唐之契苾何力亦无以过,孰谓夷狄不可以推诚器使哉?

恩 宥 军 伍

国初,民出涂炭,乐于从军,后因征调,率多逃绝,谪配者尤甚。惟垛集最为良法,户三丁以上垛正军一名,别有贴户,正军病死,贴户丁补役。永乐初,贴户止一丁者免之,当军之家仍免一丁差役。其最严者,惟齐、黄奸恶,九族外亲姻连,亦皆编伍。有遍一县连蔓尽而及他邦者,人最苦之。故刑部北京、浙江、广东三清吏司事繁,增设主事。乙未五月,文庙御奉天门,召吏兵二部至前,色甚怒,谓曰:"洪武年间,因多官少,事无不办。今则因少官多,冗食甚矣。刑部官属可裁,剩员补他官,如无缺,可配隆庆、保安诸卫为军。"吏部以缺多,启东宫兼补行在诸部,事乃已。向非仁庙委曲善处,则冗员亦编伍矣。宣德丙午九月,故待诏鲁宣尝侍上讲读,坐罪谪卢龙,有司追其子舆补伍。上闻,即削其戍籍,而官舆为鸿胪序班。己酉四月,楚雄卫军李志道死而无继,有司追补其孙宗侃,已于原籍浙江中式,兵部尚书张本请依洪武中石坚事例,开其军伍,俾读书会试以自效,上即从之。安南黎利既得国,两命右通政徐琦、副礼部侍郎章敞奉使,有功,将赏之。琦言家宁夏军伍,诏除其戍。此三事皆宣庙之仁也。柄用之臣,充广德意,除党戍之籍,复垛集之规,通变宜民,未为不可。

陈 御 史 断 狱

武昌陈御史孟机智按闽,有张生者,杀人当死,其色有冤,询之,生曰:"邻居王妪许女,我已纳聘矣。父母殁,我贫无资,彼遂背盟,女执不从,阴遣婢期我某所,归我金币,俾成礼。谋诸同舍杨生,杨生力止我,不果赴。是夕,女与婢皆被杀,妪执我送官,不胜栲掠,故诬服。"即遣人执杨生至,色变股栗,遂伏罪,张生获释,人以为神。智有声宣、正间,至右都御史。

卷第五

阅 武 将 台

将台在朝阳门近郊。宣德中，阅武于此。乙卯春，英宗初御极，方议开经筵，而中官王振辈乃导上右武。于是诏在廷文武大臣，偕振阅武将台，试骑射而殿最之。振奏以隆庆右卫指挥佥事纪广第一，遂升都指挥佥事。广艺既寻常，性复庸懦，常以卫卒之守居庸者往役阉门，大见亲昵，舆论鄙之。正统丙辰十月望日，车驾驻跸将台，命诸将骑射，以三矢为率。受命者万余，惟驸马都尉井源弯弓跃马，三发三中，万人喝采，声彻天地。观者羡其容貌瑰壮，艺又精绝，相谓曰："此福将也。"上亦大喜，惟彻上尊赐之。观者又相谓曰："往年太监阅武，纪广骤升三级，今日万乘阅武，岂但一杯酒邪？"然竟无殊锡。戊辰秋，虏酋也先拘我信使，侵我边圉，命源与恭顺侯吴瑾等五人各将一军，充总兵官为前锋，逆战塞外。己巳，上亲征，广扈从，至大同，赂左右，得还。八月，召至沙岭，升都督佥事，仍守万全。源自大同趋怀来迎护圣驾，与弟润从。至土木，力战俱死。既蒙尘，广乃帅师离沙岭北行，获虏猛秃儿，以功上。十一月，景帝即位，升广都督同知，荫录阵亡子孙。源无子，官其弟渶锦衣镇抚。家道日落，所居宅归尚书陈汝言。英宗复辟，尽以源庄田赐内侍，广乃累官镇朔将军、左都督，卒，追封溧阳伯，谥僖顺，子孙世袭。其祸福悬绝如此，世固有幸不幸邪？

内 府 教 书

国初，设大本堂于内府，东宫、亲王读书其中。学士宋濂，祭酒梁贞、魏观等，迭为讲授，而选国子生为伴读，则布衣高启、谢徽分教之，寻命功臣子弟常茂、康铎等入侍。于是诸生出就六馆,而启、徽亦各授官。永乐中,令听选学官,入教小内侍。正统初,太监王振开设书堂,择翰林检讨钱溥、吏部主事宋琰辈,轮日入直,名为内府教书,实则与国初异矣。宣德初,九真判官刘翀服阕来朝,以旧学之臣,改主事,寻改行在修撰。会大学士陈山离间赵邸,上疏薄之,命解内阁几务,与翀同教内侍之秀慧者,开席于文华殿东庑。后益以主事王一宁,给事中朱应、康振。时有司以神童瑞安任道逊荐于朝,年才十二。上面试其书,嘉叹,俾即文华殿绩学。未几,出为国子。乙卯春三月,英庙改一宁为行在修撰,应、振俱检讨。未几,应卒,翀与振皆擢金事去。独一宁累迁少宗伯兼学士,入阁,盖受业者之力也。景泰时,选小内侍黄赐、覃昌等七人,俾中允倪谦、吕原教之,亦于文华殿东庑。天顺后,罢之,惟于内府书堂,专命翰林官往教,遂为定例。

蒙 古 瓦 剌

元顺帝北遁,以洪武三年殂,国人谥曰"惠宗"。太子爱猷识里达腊立,十一年殂,谥曰"昭宗"。次子益王脱古思帖木儿立,九年,大将军永昌侯蓝玉,帅师大败之于捕鱼儿海,益王走,至也速迭儿之地,遇害。五传坤帖木儿,皆倏立倏弑。其强臣猛哥帖木儿据瓦剌。永乐初,鬼力赤立,非元裔也,部下叛之,其太师阿鲁台统有部落。六年,迎立蒙古之族本雅失里,而鬼力赤为其下所戕。瓦剌三酋不附阿鲁台,日相仇杀,乃来朝贡,诏封马哈木为顺宁王,太平贤义王,把秃孛罗安乐王。七年,遣给事中郭骥使本雅失里,被杀。瓦剌袭,败阿鲁台,本雅失里走胪朐河。是年七月,命征虏大将军淇国公丘福讨之,全军覆没。八年,车驾亲征,本雅失里遁去,阿鲁台遣使贡马。十年,瓦剌马哈木灭本雅失里,而立答里巴为主,阿鲁台请讨。十一年,封阿鲁台为和宁王。自是,瓦剌朝贡不至。十二年,上亲征瓦剌,败之,马哈木远遁,遂班师。十三年,瓦剌遣使贡马谢罪。十五年,马哈木死,子脱欢袭封顺宁王,阿鲁台遂叛,入寇兴和。二十年,上亲征,次杀胡原,阿鲁台北走,遂班师。二十二年,上复亲征阿鲁台,次清水源，不见虏而还，晏驾于榆木川。宣德九年，瓦剌脱欢攻杀阿鲁台，欲领部落，人心不服，乃立元后脱脱不花为主，居沙漠之北，哈喇嗔等部皆应之。正统八年，脱欢死，子也先益强盛，屡犯边。十四年，上亲征，车驾被遮。景泰元年，也先奉太上皇帝还京，自是入贡不绝。四年，弑脱脱不花，遣使致书，自称"大元田盛大可汗"，答诏称为瓦剌王，盖蒙古诸部悉为所并矣。虽慕义来朝，人辄千余马至万数，觇我虚实，坐弊中国，包藏祸心，未可知也。矧其俗，孳牧驼马牛羊，饮酪食肉，衣其毛革，造弓矢刀铤，以为兵器，驰骋射猎，勇于战斗。每入寇，则一人所乘，三马迭换，以革囊盛干酪为粮，不将辎重，故其人马不罢，锐气无损，来如风雨，卒莫能拒，去如绝弦，速不可追，惟攻城步战非其所长。然则备边之策奈何？足食足兵，且屯且守，俟其部众志骄心离，以计破之而已。

朵 颜 三 卫

　　兀良哈，古山戎也，后为契丹及奚。洪武初，其众数为蒙古抄掠，不能安处，乃相率归附，誓守臣节。太祖设三卫官以统之。自宁前、抵喜峰、近宣府，曰"朵颜"；自锦义、历广宁、至辽河，曰"泰宁"；自黄泥洼、逾沈阳铁岭、至开原，曰"福余"。皆逐水草无恒，部落以千计，而朵颜最强。其贡路入自喜峰口，而马市则在辽东，防其变也。后竟叛去，仍附蒙古。先是，即古会州地，设大宁都司营州等卫，以为外边，复修山海关至古北口，以为内边。太宗靖难初，兀良哈骑兵先軷軷来助，遂弃大宁故地与之，以内边为界。永乐改元，仍旧制，设三卫，有官至都督者，寻复阴附阿鲁台，掠我边戌。二十年，上亲征阿鲁台还，大败其众于屈烈河。宣德三年，车驾出猎巡边，驻跸遵化。适其众万余入寇，出喜峰口，遣精锐三千，大败之，俘斩无算。正统九年，窜伏迤北，时出扰边。上命发偏师二十万，分为四军。成国公朱勇，出喜峰口，由中路；左都督马谅，出界岭口，由北路；兴安伯徐亨，出刘家口，由南路；左都督陈怀，出古北口，由西北路。逾滦江，渡柳河，经大小兴州，过神树，至全宁，遇福余，逆战，走之。次虎头山，遇泰宁、朵颜，又击败之。御史姚鹏上其功，诏加勇太保，亨进封侯，谅招远伯，怀平乡伯。盖外边之地，西自密云之墓田岭，东至山海关，乃其所住牧。正统末，附于瓦剌，为也先乡导，后亦朝贡不绝。其俗喜偷善掠，常入北漠盗马，三四人驱千百匹，边人啗以酒若货，执而杀之，故报复，抄虏无宁时，一遭锉衄，数十年不敢入。性本贪黠，叛服无常，若诚信抚之，可不劳兵而戢也。然辽东、宣府、大同，声援本相联属，自大宁为彼所得，遂尔隔涉，可无虑哉！

倭国逸书百篇

日本，即倭也。洪武辛亥，国王良怀遣僧祖来入贡，《祖训》云："虽朝实诈，暗通奸臣胡惟庸，谋为不轨，故绝之。"乃于辽、浙、闽、广沿海，置备倭官军。永乐初，国王源道义入贡不绝，后犯辽东之金州，广宁伯刘荣大败之，"虽朝实诈"可征矣。宣德中，以久不通贡，求可往使者。或言主事浦城潘赐，尝为行人，两使日本。复除鸿胪少卿，充正使。求可副者。礼部尚书胡濙会荐国子学正金坛高迁，遂改行人，俱赐一品服以往。既至，其国即遣陪臣，随之入贡，宣宗甚加奖劳。乙卯五月，以举贤擢迁翰林编修。按，温公《日本刀歌》有云："徐福行时书未焚，逸书百篇今尚存。"夫既绝之矣，信使往来，俾进逸书，使五经由是而完，帝王大典得以不泯，顾不韪与！

朝 觐 旌 励

正统乙丑正月，刑科给事中鲍辉言："天下各官来朝，乞敕吏、礼二部询访有廉能岂弟治行超群者，礼部官引赴御前，亲加奖谕劝赏，吏部具录姓名，待其考满，举荐擢用。"上是其言，不许徇私。于是会议推举司府州县官丁镒等，廉能治行，眂众为优，赐以敕谕，各赏衣一袭、钞百锭，赐宴于礼部，复任后，吏部遇缺擢用。此盛典也。按洪武中，河间知府杨冀安等来朝，命吏部第为三等：称职无过者为上，赐坐宴；有过称职者为中，宴而不坐；有过不称职者为下，不与宴，序立于门,宴者出,然后退。永乐中,考察以贪去者,皆谪戍,旌励之道备矣。睿皇酌而行之,其务为宽厚者与?

石 主 事 救 师

石大用者,蓟州丰润人。正统癸亥,贡入太学。明年,李祭酒时勉忤权珰王振枷号于监前。大用会六馆,疏请代罪。诸生始则从,中则疑,终则无一人与偕者。乃独具疏曰:"臣闻民生于三,事之如一。今李时勉擅伐官树,薄示枷号。切缘时勉年已七十,兼患风疾。况值炎热,死亡无日,乞容臣代枷以全师生恩义。"疏上,并释之。是秋大用中京闱乡试,时勉感其谊,令举人五日一升监,自大用始。后大用就铨,得户部主事,盖气谊素为人所重故也。

胥 掾 官 至 尚 书

蒙古用人,重吏轻儒,七品文资,选为省掾,八品流官,选为令史。公卿多由此进,舞文弄法,殃民甚矣。圣祖革其乱政,惟崇儒术,然犹得铨京职。洪武中,吏部主事谈士奇辈不可枚举。自儒入吏者,戊辰十一月,宗人府吏三名,以办事下第举人王章、尹启敬等为之。盖是时掌府事者为秦、晋、燕王,故重其事也。丙子正月,吏部具缺奏闻,选举人监生周原、张勤、李暹引奏。上命还监卒业,惟选无过吏为之。自此科目之士,无复少溷矣。凡吏途发轫,多至三品,无位八座者。惟靖难初,北平布政司吏清苑李友直,以告密谋累擢至工部尚书,非年资也。永乐己丑正月,上御奉天门,户科都给事中南海李晟奏事。上谓吏部曰:"吏员中多有才干者,然亦能害人,可令给事中保举。若非其人,则平日交结可知,其并罪之。"晟受命而出,乃奏保郎中万子雅、办事官前御史傅衡,诏试二人以事,然后任职,其慎重如此。已而御史洪秉、龙士安等四人入见,上曰:"御史,朝廷耳目之寄,须用有学术、达治体者,安用吏为?"遂黜秉等为序班,此后铨京职者,部属一途耳。宣德中,松江守进贤黄子威、苏州守靖安况钟,前后以郎作郡,各擅政誉,人谓南昌多贤胥。正统中,江阴徐孟晞晞以郎中试兵部侍郎,镇甘凉,累迁至兵部尚书,为人谦慎有容。在县时,三考皆兵房,有戍绝勾丁而误及者,其人祈脱,贫无可馈,具酒食,令妻劝觞,而出避之。妻有丽色,晞绝裾而走,彻夜具文移成。明日,向其人曰:"女何至此!"卒为脱免,他事类此。在郎署时,同官一主事,每向胥曹辄骂,意在晞,晞不为意。后主事殁,晞为举殓,送之归。及为殿试读卷官,刻录惟书江阴人而已。其功名出苏、松二守上,胥掾中一奇士也。

士 夫 孝 行

前史列传,孝行皆出编氓,士夫与者盖鲜。我朝以孝治天下,荐绅多被旌者,始记数人。巩县魏敏,洪武中进士,吏科给事中,母病,予告归省。未至而讣,即往墓所哀恸,水浆不入口者五日。庐墓三年,朝夕哭奠如初丧。东阿师逵,少孤,事母孝。年十三,母疾危,思食藤花菜,地不常有。逵吁出求,至城南二十五里,得之。及归,夜已二鼓,道遇虎,逵惊而呼天,虎舍之去。持菜还,母食之,愈。后入太学,擢御史,升陕西按察使。丁母忧,去官,庐墓侧,不茹荤饮酒三年。永乐中,召为兵部侍郎,终南京户部尚书,掌吏部事。益都王让有孝行,尝庐墓致涌泉之应。洪武末,由乡荐授国子学录。永乐中,简侍皇太孙,累官吏部侍郎。真定毕鸾,父文显,莒州学正,卒于官,藁殡于莒,时犹幼也。比长,言及,辄呜咽涕泪,养母不离左右。比丧母,衰绖,徒步走莒,负父骨,归而合葬焉。庐于墓侧,朝夕哀临。野鹿助其悲鸣,有兔引子游其庐,若素豢者,巨蛇蟠于门右,恒卫守之。正统壬戌,登进士,为御史。光州庠生刘进,贡入太学。景泰癸酉,中顺天乡试,除太平通判。连遭父母丧,结庐墓侧,负土成坟,手植柏数百株,乌鹊鸥鹭,日夕驯集。升太仆丞,获追赠焉。子廷玺、廷瓒,皆登科第,而廷瓒官御史。东平举人张琛,正统间,为衢州同知。丧父,庐墓侧泣血,三年不视家室。服阕,升吏部郎中。桂林刘本,第进士,授刑部主事。宅忧,庐墓,芝草生焉,旱麓小洿坎中忽出白莲花,人以为孝感之瑞。浑源王诚以贡丞庆都。罹忧,于庐墓,无日不哀恸,终丧乃已。此八人，皆诏旌其门者。近世士夫以孝为迂，遭丧则觊夺情以为荣，其贤不肖何如也？按，夺情起复，始自永乐初右副都御史刘观、刑部右侍郎李庆、工部右侍郎赵毅，其后相沿成风，至于今日。吁，可悲也已！

场屋知人

　　场屋定制，始自洪武甲子，儒吏杂职人员许应乡试，文字许减场。所出《四书》题，或《论语》二道、《中庸》一道、而无《孟子》，亦有《中庸》二道者，皆不拘也。人各一经，兼经者听。洪武甲戌会试第三人景清，刻《诗书经义》是已。诏诰表内科一道，兼作者听。永乐辛卯福建第一人林誌，刻诰及表是已。主考惟两京用翰林，各布政司惟用教官或郡县京官之居乡者，亦有贡士儒士主考职官分考者。翰林居乡，如侍讲余学夔、侍读尹凤岐，皆尝为吾广主考。宣德己酉，编修董璘在浙江，正统丁卯，修撰许彬在福建，则见任奉旨者也。其所取士五名内，或经魁不备。如洪武辛未第一人许观，第五人胡泰，皆书是已。所刻文或《中庸》、《孟子》，皆二篇。如正统辛酉，广东乡试是已，或有论策重复者，不能悉数也。桐乡杨长史宗道述掌教监利时，正统甲子，同考蜀闱，简一减场卷为举首，众从之，乃周文安公洪谟也。丁卯，复往闽闱，得陈康懿公俊为举首，皆至尚书，为时名臣。近时，所命之题，所刻之文，皆有一定规矩，所取必须全场，减则贴出，然知人如述者鲜矣。壬戌会试。商文毅公辂下第，本房周学士叙以为恨。吾广丘文庄公潘黜于辛未，岳编修正见其卷，大惜之。皆作序文，期以入阁。后皆如其言。若周、岳二公，其亦具眼者乎！

京军边军

　　京军三大营，皆取近畿之卒，更番上操。国初，止有五军营，中军、左右掖、及左右哨是也。永乐初，因龙旗下三千胡骑立三千营。后征交阯，得神枪火箭之法，立神机营。牧马草场总在霸、蓟二州及永清县,若定兴、安肃二县之阎台,则五军营专之。蓟之安和乡,则三千营专之。香河之孟家庄等地,则神机营专之。居常,则五军以肄营阵,三千以肄巡哨,神机以肄枪手。上亲征,则大营居中,营外分驻五军,步卒居内,骑卒居外,其外为神机营。又其外有长围,各周二十里,令军中收放樵采,皆不出围外。正统末,议者以三营各自团操、武艺不能相通。于是少保兼兵部尚书于肃愍谦,简精锐马步一十五万,分为十营,每营各以都督总领,每五千用都指挥一员,每千又用都指挥或指挥一十五员把总,每五百各用指挥三十员分管,每队用管队官二员,常令在营操练,统体相维,兵将相识,出征则令原管都督等官领焉。后马恭襄昂改立团营十二,曰"奋武"、曰"耀武"、曰"练武"、曰"显武"、曰"敢勇"、曰"果勇"、曰"效勇"、曰"鼓勇"、曰"立威"、曰"伸威"、曰"扬威"、曰"振威",简选三大营余者,名曰"老家儿",专备营造差用。乃益以在京、在外精兵二十五万实之,分为春秋二班,团操听征。此京军之大略也。边军有三等:在本镇为本兵,调自他镇为客兵,边民应募及原点民壮为土兵。近日,本兵多被扣减粮赏,占田私役、采打松榛、斫伐薪木,客兵则一例屯种采办、巡哨扛拽,月饷则本客混支。旧例折色者六月,本色亦如之。今自折银七钱减至二钱五分为则,本色粮每一石止与四斗,至于器械欠缺,马匹羸弱,皆不恤也。土兵优恤之法,每名量免户租六石,常存二丁帮贴,五石以下者存三丁,三石以下者存四丁,差役自二十石以下,尽蠲之。其后就募者,山东、河南之矿徒而已。此边军之大略也。边军不足,则调京军,人各银一两、布二匹、炒二升,然犹沿途抢掠。且安佚日久,少经戎阵,腥膻一逼,人马辟易。挫衄则首先逃避,以摇人心;小胜则强夺他功,以为己利,况边粟有限,馈饷不继,足生他变,可无虑乎?近则潜役私门,雇倩代操,益不可用矣。愚切以为京军止卫京师,边军各守本镇。惟土兵用垛集之法,正贴二户,如古羡卒,使不乏绝。关外闲田及没官亡碍者,人给二十亩,使自耕之。尤必广开盐额、而轻其子本,或招商上纳、而倍息以偿,俱令输纳本色,边储可旬月足也。在京则冬衣布花,在边则胖袄鞋裤,必豫期给焉。养军大计,似不出此,然事势亦已难矣。

马　政

国朝马政,掌于太仆。两京畿及山东、河南,牧之于民,量免粮差,然陪补受累。山西、陕西、辽东,各设苑马寺,养以恩队军千余人。然有名无实,政日秕矣。其与夷市易者,洪武初,于陕西洮州、河州、西宁各设茶马司,制金牌四十一,上曰"皇帝圣旨",左曰"合当差发",右曰"不信者斩"。上号藏内府,下号降各番族,三年一差官赍往对验。以茶易马,上马八十斤,中马六十斤,下马四十斤。私茶出境,犯人与把关头目俱各凌迟处死,家迁化外,货物入官。驸马都尉欧阳伦,坐贩私茶,赐死,其为厉禁可知也。永乐中,遣御史三员,巡督茶马。然增给茶数至百斤,而禁亦少弛。正统十四年,停止金牌,惟令番族以马来易而已。西番之俗,以茶为命。一背中国,不得茶,则病且死。故设法王国师以统领之,官民相承,以马为科差,我以茶为酬价。故哈立麻辈见礼于文皇,时非利其术也,制西番以控北虏之良算也。乃若回回市马偿直,上马绢四匹、布六匹,中马绢三匹、布五匹,下马绢二匹、布四匹,驹绢一匹、布三匹。陕西庆阳、灵州、临洮、巩昌、延安盐课,召商开中,上马一匹盐一百引,中马八十引,下马不与,此亦可行。然不如茶马干系之大,万世不能易也。惟是牧之于民者,宜仿监苑之法,择水草之地,立厩库之所,顺游息之性,定为牧式,教以降虏,尤必宽其追陪,以俟蕃息,民其或少纾乎!

周　凤　钱　晔

江阴周凤,聪敏多伎俩。人家妇女见之,凤行鬼术,皆淫惑,更无投梭之拒。事发,官司捕之,岁久稍懈。乃暮夜潜归,室人为设酒食,尽欢。凤欲就宿,辄辞曰:"不可。"凤询其故。对曰:"君在外之日久矣,一宿后,倘有身,何以自明?且人倘闻妾生子,将踪迹之,君之累不小。"世谓其智而有礼。凤,字岐,凤能诗文。姑苏钱晔,尝寄之诗曰:"琴剑飘零西复东,旧游清兴几时同?一身作客如张俭,四海何人是孔融？野寺莺花春对酒，河桥风雨夜推篷。机心尽逐东流水，惟有家山在梦中。"晔亦豪黠，以赀为都司经历。乡人讼其不法，知府杨贡执而罪之。晔多所嘱托，反讦奏贡罪。锦衣官校奉命与巡抚崔都宪^恭同讯。有旨以同寮不和，俱黜为民。晔本一富民，第以赀得冠带，与贡并无寮友之义。命下之日，人无不惊谔。

戊辰登科录

正统戊辰科进士，首甲三人，时称儒道释。状元彭时，安福儒籍。榜眼陈鉴，家本姑苏，谪戍盖州卫，依神乐观道士，年三十四矣，然犹未娶，出家故也。探花则会元岳正，通州漷县人。父，府军卫指挥兴，早世。生母刘，或曰陈，莫知其姓。幼避嫡妒，居大兴隆寺，故人以释目之。齿最少者，香河李泰，父永昌，见任太监，尤为异事。古称谒者监，竖尝有儿，然则泰非邪！旧制读卷官例用内阁九卿及翰林堂上官，是科预者有掌光禄寺事户部左侍郎李亨、太常寺少卿兼翰林院侍书程南云、太常寺少卿黄养正，事体之变如此。

贾斌进忠义集

宣、正时，貂珰熏灼，迄王振贻祸土木，无敢讼其非者。景帝改元，山西行都司天城卫令史贾斌疏言："汉桓帝不任贤臣，权归宦官；唐文宗忽于良佐，受制家奴；宋之徽、钦从虏北行，亦阉寺用事之所致也。太上皇帝失位去国，皆由倚托匪人。然群臣无一捐生以赴难者，事君能致其身，岂空言与？皇上肇登宝位，宜法高皇帝以为治。事无大小，悉经宸断，除去窃柄阉人，专备洒扫，凡阿谀者必斥之。端本澄源，谨终如始，则天下一新矣。臣于历代直谏尽忠守节之士与恃宠宦官，撮其尤者，录成四卷，名之曰'忠义集'，伏乞刊布臣僚，必能观感以兴起其忠义之诚，而宦者亦不得纵其奸宄之私矣。"时胡忠安^濙在礼部，覆奏谓："斌言虽有理，然章皇帝御制《臣鉴》已行颁给，足为劝戒，所编不必刊布。且斌擅自离役，欲送法司问罪，诚恐阻塞言路，合发回原卫。仍行天下在官之人，建言不许擅离职役，违者罪之。若奏机密重事，不拘此例。"制曰："可。"斌，山东商河人，莫考所终。

蛊 吐 活 鱼

正统间，吴江周礼行货广西思恩，有陈氏女寡，返在室，赘为婿，凡二十年，有子，已十六岁矣。礼忽思归，妻不能止，置蛊食中，礼不知也，因令其子随之，默嘱曰："若父肯还，则与医治。"因授以解蛊之法。礼至家，蛊发，腹胀，饮水无度。其子因请还期，礼曰："吾亦思汝母，奈病何？稍瘥，即行矣。"曰："儿能治之。"即反接礼于柱上，礼告渴，以瓦盆盛水近口傍，欲饮，则掣去之。如是者亡虑数百次，烦剧不可当，遂吐出一鲫鱼，拨剌尚活，腹遂消。盖蛮中多有限年限月之蛊，稍逾期，则毒发不可救。故寡妇号"鬼妻"，人不敢近，旅客娶之，多受害焉。

冤 魂 入 梦

吾广陈参议赞记一事云："戴谦为南京御史，梦骑马至清江厂，有朱衣引一人索命，蓬首、褐衫、姓李，朱衣者曰：'盍往观乎？'即前导，所过皆竹房。至一家，独瓦屋，入门，有男子卧地上，一妇人绿衣、红裳、簪花，处其傍，曰：'欲救之，奈气绝矣。'惊寤，出水西门，至清江厂，物色得之。道途屋宇及死者姓氏，皆如梦中所见，呼其家问之，乃因市肉与屠人斗而死。告以所梦，举家皆大哭。妇人乃其姊，归宁而暴死者，即捕屠人置之法。一时白下盛传之。"时正统八年四月也。

己 巳 御 虏 诸 将

正统己巳冬，也先以其主脱脱不花及诸酋铁头等自紫荆关入寇。我师败走，遂逼京师。时武清伯石亨，协守万全，坐不救乘舆，械系诏狱。赦出之，使总京营兵马退虏赎罪。兵部尚书于谦，总督军务，营于城北。亨帅师出安定门,挺刀先驰,从子彪持巨斧与诸子弟从之,突入虏阵,所向披靡,转战西南,虏溃去,追至关,斩首万余,虏相蹂藉死。管神机营都督范广,御之于德胜门外,飞枪火箭,杀伤数百,追至涿州,俘馘无算。虏主遂不敢入关,与也先皆夜遁,遣使讲和。都督杨洪、孙镗及广,帅师破余虏于固安,逐至关,尽歼之。洪子俊手斩数人而还,论功加谦少保,亨进封侯,洪昌平侯,寻命俊充参将,守宣府。宦官喜宁,本胡种,导也先入寇,俊诱而执之,送京师,伏诛。以功升俊右都督。虏方窥怀来,俊调永宁兵往守,奉御黄整奏闻。谦恶其擅调也,请诛俊,上不问。洪惧祸,奏取俊还京,随营操练,从之。既至,谦并劾其守独石、马营,贼破其城,丧师辱国,谓非诛俊不可。上命逮系议罪,俊辩曰:"逐虏之时,顾前失后,官军听调,阃外之常,乃罪俊邪?"诏斩于市。临刑,有缟而至者,所狎妓高三儿也。恸而呼曰:"天乎!忠良死矣,奚以功为?"刎其元,合于颈,使其家收殓,即自经,观者泣下。时景泰元年五月也。虏自求和,不复近边。至是声言奉上皇来大同,坐中,铁头大师坐右,脱脱太师坐左,其意盖卑辱我也。于是石亨、杨洪帅师巡边,挑修沟堑,布列营阵,筑立墩台,拨哨隄备,馈运不绝。仍设法招募在京军官子弟素闲弓马者,人赏银十两、月粮五斗,得万余人。虏见有备,遂奉驾还,亨等之功也。初,张轨自贵州征苗召还,谦劾其失机负罪,不可用。上宥之。自是轨与亨比,恨谦最深。景泰末,亨、轨与宦官曹吉祥等,夺门复辟,乃首杀谦,以谦信任范广,诬其同逆,并杀之。广既死,轨一日遇诸途,为拱揖状,左右问之,曰:"范广过耳。"归家发病死。亨得志专恣,官军守诸关者,悉放归以市恩。内阁徐有贞、李贤、许彬、薛瑄以为言,上重违亨意,别选兵以戍之。由是亨恶有贞等,皆被逸,斥为民,荐其私人参议卢彬、太常少卿王谦入阁。上不听,寻得罪下狱,死,彪亦弃市。一时御虏名将,亨、洪与广为最,孙镗、郭登、卫颖、柳薄次之,张轨、纪广辈龊琐不足算矣。亨,渭南人,与彪皆方面、巨躯、须垂至膝,望之竦然。洪,汉中人,起自行伍,最善劫营,虏畏之,呼为"杨王"。俊死后,含痛而殁,追封颍国公,谥武襄,犹追其禄米,家产荡尽。广,丹徒人,世官辽东宁远卫,论者曰律有八议,功其最也。宋人所谓"手滑",其杨俊之诛乎？于少保之功白矣。而范广犹郁九原。石亨虽自掇祸，然罚不及嗣，彪宜末减。向使洪父子无智名勇功，则家至今存也。悲夫！

因 灾 却 瑞

正统己巳六月丙辰，夜二鼓，南京雷电震烈，风雨骤作，谨身殿火起，延及奉天、华盖二殿，奉天诸门亦皆毁尽。御史吕昌劾奏守备丰城侯李贤及府部诸司，皆当逮治。上宥之。是年有土木之变。郕王监国即位，诏凡有灾异，有司即时奏闻，言祥瑞、进诮谀者罪之。景泰辛未正月戊午，南京太常寺山川坛署奉祠罗辅呈言："道童顾学诚于坛井汲水，闻酒气芳馨，见水色黄，白守备太监袁诚曰：'此醴泉也。'"会兵部尚书靖远伯王骥及府部诸司诣井取酒，荐奉先殿，然后具奏，礼部以闻。景皇以"罢"答之。不为伪瑞所惑，固盛德事也。

雨 滴 谣

正统末，京师旱，童谣曰："雨滴雨滴，城隍土地。雨若再来，谢了土地。""滴"音弟，谓与弟也。"城隍土地"，谓郕王有此土也。"雨若再来，谢了土地"，谢、卸同，谓上皇再来，卸却此土还之也。景泰验矣，复辟又验。

太 学 生 进 谏

景泰初，大开言路。太学生西安姚显疏言："王振竭生民膏血，修大兴隆寺，极为壮丽，车驾不时临幸。夫佛本夷狄之人，信佛而得夷狄之祸，若梁武帝足鉴前车。请自今凡内臣修盖寺院，悉行拆毁，用备仓厫，勿复兴作，万世之法也。"时方建隆福寺，不为停止。会寺成，上方议临幸，有司夙驾除道，太学生济宁杨浩疏言："陛下即位之初，首幸太学，海内之士，闻风快睹。今又弃儒术而重佛教，岂有圣明之主事夷狄之鬼，而可垂范后世者邪？"会仪制郎中章纶亦以为言，上即日罢行。先是虏贼自弑其主脱脱不花而拥其众,浩疏请乘虏使未还,出其不意,调辽东、陕西兵讨之。二疏既上,名震京师,筮仕河东运司判官。英庙复辟,用荐擢知顺德府。陛辞日,召至文华殿,亲赐戒谕及宝镪以行。累迁右副都御史,巡抚延绥,而显不究于用云。自正统至天顺,京城内外建寺赐额者二百余区,谏官不言,故二生取重于世焉。

易 储 诏

景泰辛未八月,思明府土官知府黄㻞被弑,庶兄都指挥使㻞阴主之也。巡抚广西李侍郎棠、副总兵武都督毅发㻞情罪,置狱当死。巡抚广东揭侍郎稽乃奏言:"㻞守浔州,军民畏服,贼不犯境。近闻为事,以致贼徒流劫德庆。曲加宽宥,仍前哨守,则广西宁而广东无流劫之害矣。"识者笑之。时上皇长子在东宫,㻞遣人赴京,先略用事者,乃奏请易储。命礼部会多官议。内阁陈循等将覆奏,署名,少傅王文端公直有难色,循持笔作半跪,直不得已,亦署。给事中李侃对众洒泣,都给事中林聪出语人曰:"吾劾,不署名。"其实不然也。奏上,宪宗出就沂邸,而立见济为太子,生母杭氏为后,而汪后废。于是升赏太滥,有"满朝皆太保,一部两尚书"之谣。直得所赐元宝,扣案顿足叹曰:"此何等大事,乃出一蛮夷邪?吾侪愧死矣!"累疏求退。然侃迁詹事府丞,聪右春坊司直郎,皆不辞也。㻞以大赦原免复职。于少保以广西贼起,请赏㻞以作其气。上从之。已而,升都督、充参将,毅以事降黜,棠因此致仕。其后见济殇,御史钟同、郎中章纶,疏请复储,皆下狱。刑科给事中徐正密请召见便殿,屏左右言:"宜置沂王于所封沂州。出上皇与俱,以绝人望。"景皇怒,出正为云南卫经历。正复眷所淫者,未行,乃谪戍铁岭卫。及上皇复辟,时㻞已死,发棺鞭尸,以示鉴戒。逮正至,正惊破胆,便溺皆青,遂磔于市。初,太子太保兼吏部尚书何文渊,因言官劾其贪纵,自言易储有功,诏书所云"父有天下传之子,天佑下民作之君",己所属对也,得释罪致仕,至是惧祸,自经死。时揭稽已降知府,致仕家居,文渊弟子也,与其子主事乔新等争讼。讦奏文渊之死,实诸子逼以脱祸。乔新亦令人告稽巡抚广东时,代黄玙为易储之疏。俱命官校逮至京,鞫之,迹涉已往,俱获释焉。

京闱二科举首

南北京闱,例令四方髦士游太学、寄京籍及依亲仕宦者,皆得应试。景泰癸酉,吉安罗崇岳冒试,中顺天府第一,为京士讦奏,诏充原籍学生。丙子,复领江西三十九名解,是科顺天举首,又江阴徐泰也。内阁陈循子瑛、王文子伦,不与选。循等论奏考试官少卿兼侍读刘俨、侍讲学士吕原阅卷不公,如监试御史林鹗、同邑林挺亦在中列。且策及正统,摘其语以激上,峻文巧诋,必欲置俨于死。有旨令翰林科道覆考,少保高榖力疾言于朝。时挺已就逮,讯之,弗实。验泰等卷,复如式,俨等得免。而瑛、伦钦赐举人,许赴会试。礼科给事中张宁劾奏循、文罪状,不报。未几,景帝晏驾,循谪戍铁岭卫,文弃市,后遇恩宥,二家子姓放还。伦行其字宗彝,竟取进士;而泰以避嫌,终不第甲科,除知荆门州云。近时南京吏部章侍郎纶子玄应,既举于京闱,再举于浙江,事绝与崇岳相类。

卷第六

北 京 十 景

　　北京自元建大都，已有所谓八景，不知何人品题。至我朝太宗文皇帝，因潜渊定天邑，当时翰林诸儒臣胡广辈作为《八景诗》，传播海内。天顺辛巳端午节，英宗睿皇帝赐文武侍臣以扇，有御制七言古诗十首，凡千一百二十言，即前所谓八景，曰：琼岛春云、太液晴波、蓟门烟树、西山霁雪、居庸叠翠、玉泉垂虹、卢沟晓月、金台夕照，而益以二景，则东郊时雨、南囿秋风也。明年壬午，亦以端午赐扇，扇面御制《清暑》、《解愠》二歌，大概言为臣者，仰辅上德，俯恤民隐，助隆代天之绩云尔。盖国朝赐常朝官扇，竹骨、铜钉铰，书经传格言，以示训饬。越一二日，乃召大僚于内殿，赐象骨银钉铰扇，然但画以物象。其有御制诗，惟此二年为然。

太玄洞极潜虚

　　蔡元定曰：“体天地之撰者，至于《易》而止矣，不可以有加矣。杨氏之《太玄》八十一首，关氏之《洞极》二十七象，司马之《潜虚》五十五行，皆不知而作者也。”今考之《太玄》八十一首，曰中、曰周、曰礥、曰闲、曰少、曰戾、曰上、曰干、曰狩、曰羡、曰差、曰童、曰增、曰锐、曰达、曰交、曰㦡、曰傒、曰从、曰进、曰释、曰格、曰夷、曰乐、曰争、曰务、曰事_{天玄}、曰更、曰断、曰毅、曰装、曰众、曰密、曰亲、曰敛、曰强、曰睟、曰盛、曰居、曰法、曰应、曰迎、曰遇、曰灶、曰大、曰廓、曰文、曰礼、曰逃、曰唐、曰常、曰度、曰永、曰昆_{地玄}、曰减、曰唫、曰守、曰翕、曰聚、曰积、曰饰、曰疑、曰视、曰沈、曰内、曰去、曰晦、曰瞢、曰穷、曰割、曰止、曰坚、曰成、曰阒、曰失、曰剧、曰驯、曰将、曰难、曰勤、曰养_{人玄}。《洞极》

二十七象，曰生、曰萌、曰息、曰华、曰茂、曰止、曰安、曰燠、曰实为天、曰资、曰用、曰达、曰兴、曰紊、曰悖、曰静、曰平、曰序为人、曰育、曰和、曰塞、曰作、曰燥、曰几、曰抑、曰冥、曰通为地。《潜虚》五十五行，曰元、曰哀、曰柔、曰刚、曰雍、曰昧、曰昭、曰容、曰言、曰虑、曰聆、曰觐、曰繇、曰忏、曰得、曰罹、曰耽、曰恃、曰郤、曰庸、曰妥、曰蠢、曰切、曰宜、曰忱、曰哲、曰夏、曰特、曰偶、曰瞳、曰续、曰考、曰范、曰徒、曰丑、曰隶、曰林、曰禋、曰准、曰资、曰宾、曰戒、曰敕、曰乂、曰绩、曰育、曰声、曰兴、曰痛、曰泯、曰造、曰隆、曰散、曰余。今按三家之作，《太玄》优矣。邵子以雄知历之理，最所称服者。厥后元定之子沉作《洪范皇极内篇》亦准卦气，与八十一首同。

夏　二　子

宋宣和中进士永福吴元美作《夏二子传》略云："天命商以伐夏，是以伊尹相汤伐桀，而声其刻剥之罪。当是时，清商飚起，义气播扬，劲风四扫，宇宙清廓。夏告终于鸣条。二子之族，无大小长少，皆望风殒灭，殆无遗类，天下之民始得安食酣饮而鼓舞于清世矣。""夏二子"，谓蚊蝇也。其乡人郑玮得之，往诉秦桧，谓其讥毁大臣，编管容州，寻谪死于南雄。按，韩昌黎《杂诗》曰："朝蝇不可驱，莫蚊不可拍。蝇蚊满八区，可尽与相格。得时能几时，与汝恣啖咋。凉风九月到，扫不见踪迹。"意正如元美所云。偶阅郑文宝《江表志》，杨鸾诗曰："白日苍蝇满饭盘，夜间蚊子又成团。每到更深人静后，定来头上咬杨鸾。"鸾即南唐汤悦校文时举子，问"欲用尧、舜"字不，知是几事者也。适友人枣阳王进士良璧琰至，相与质之，良璧谓曰："子谓元美本昌黎，安知鸾不本昌黎邪？二十八字真非苟作者，元美致祸而鸾则幸免耳。"余曰："子可谓善为鸾解嘲矣。"相与大笑，因书之。

曹 教 谕 诗 评

松江曹教谕诗评谓，国朝诗不及前代，诸名公似唐人者，惟曾学士荣《巢睫集》而已，入选者亦惟曾诗为佳。七言以咏物吊古为难，刘伯温《题二乔图》云："江上桃花红粉腮，偶然吹入玉堂来。东风日暮和烟雨，多少飘零委绿苔。"吉水李子仪《墨梅》云："诏遣明妃出汉宫，粉香和泪泣春风。玉颜翻作寒鸦色，悔不将金买画工。"咏物吊古，使无题亦难情也。浙人张庸《题陶毅驿亭》云："苍筠织簟湘纹凉，绿罗裁衣兰麝香。银烛光摇夜将半，琵琶曲终人断肠。"不必加贬，自有清意，可谓佳作也。四明李照《王荆公墓》云："天津桥上鹍声急，已卜先生相本朝。百世雄文凌白日，千年新法苦青苗。富韩国老缘谁去？汴宋基图自此摇。荒冢卧麟寒食后，东风不见纸钱飘。"意则太露矣。且谓国朝诗人不一，佳者多不入选。如李昌祺《题文丞相砚》云："已矣斯人不可见，留得忠肝涅不淄。千载空遗补天石，一泓正是化龙池。黄帝绿幕承恩日，残照西风倚马时。寄语玉堂挥翰手，他年留写首阳碑。"瞿佑《题和靖墓》云："诗落人间有墓存，谁歌楚些为《招魂》？愁连芳草春无迹，吟断梅花月有痕。华表柱存辽鹤返，少微光贯楚天昏。生刍一束人如玉，想像高风酹酒尊。"四明张楷《观浙江潮》云："当午春雷震海门，初来远客欲消魂。陈开即墨牛争触，战罢昆阳马乱奔。伍相精灵何日散？钱王功业至今存。天涯一点青山小，矻立中流任吐吞。"临川黎扩《拟唐宫人入道》云："高髻云鬟罢旧妆，黄冠初入白云乡。碧桃春雨心初定，红叶秋风怨已忘。行道宛如随玉辇，步虚清似舞《霓裳》。多情惟有长门月，来伴吹箫引凤凰。"绍兴刘师邵《失鹦鹉》云："来从西域养经年，飞入青云最可怜。银瓮空遗香稻水，雕笼闲锁落花烟。能言每忆来书幄，学舞长疑在绮筵。此去想应寻旧侣，陇山云树尚依然。"嘉禾陈延龄《岳王墓》云："一自班师下内廷，中原浑觉厌膻腥。两宫环珮烟尘迥，百战河山草木青。雨暗灵祠嘶铁骑，月明阴井泣银瓶。凄凉古墓西湖上，老树悲风不忍听。"僧德珉《姑苏怀古》云："西施一笑破姑苏，长使行人泪眼枯。辇道落花春走鹿，琴台明月夜啼乌。夫差古墓迷黄壤，伍相荒祠暗绿芜。独有灵岩山色在，峥嵘楼阁属浮图。"此数诗大类元体，亦未见其进于唐也。振大雅之音，上追汉、魏，岂尚有待乎？

祷 神 弭 寇

正统末,吾邑多鬼物,有白昼见形、抛砖弄瓦者。予先府君祷诸城隍,梦神云:"时方大乱,可诵《妙法莲华经》。"觉而饭僧,先府君因谙诵焉。景泰改元,寇果至,先府君在外,予启神椟,抱主避之。而寇去,先府君归,日益讽诵,以函盛经,供奉严洁。是年六月,先府君遘疾。十二日,琉璃灯坠,焚函经七卷,毁尽无余,案卓一无所损。是日,先府君捐馆,亦异事也。祷神一念精诚,遂致弭寇,故曰:"心者,人之神明",岂待外求哉?

先 圣 大 王

正统改元之春,郡国多蝗。三月,有制分命大臣捕之。工部右侍郎邵旻往保定,至府西北四十五里为满城县,县之南门有先圣大王祠,父老言往岁遇蝗,祷之立应。时天久不雨,蝗生遍野,捕之愈盛。旻乃如父老言,帅郡县吏斋沐祷于祠下。旬月间,蝗果殄息,乃勒石以章神功。神姓项氏名托,周末鲁人,年八岁,孔子见而奇之。十岁而亡,时人尸而祝之,号"小儿神"。《史记·甘罗传》"项橐七岁为孔子师者",此也,第土人误谓记耳。旻以大臣精诚,不能格天,而小儿祆鬼是祷,亦可笑也已。

草 庐 原 理

元草庐先生吴文正公澄,尝作《原理》,予爱其稽据明白。分为上下二篇,其上篇原天地阴阳之理,曰:"天地之初,混沌洪濛,清浊未判,莽莽荡荡,但一气尔。及其久也,其运转于外者,渐渐轻清,其凝聚于内者,渐渐重浊。轻清者积气成象而为天,重浊者积块成形而为地。天之成象者日月星辰也,地之成形者水火土石也。天包地外,旋绕不停;则地处天内,安静不动。天之旋绕,其气急劲,故地浮载其中,不陷不坠,岐伯所谓'大气举之'是也。天形正圆如虚球,地隔其中,人物生于地上,地形正方如搏骰,日月星辰旋绕其外,自左而上,自上而右,自右而下,自下而复左。天之积气为辰,凡无星处皆是,犹地之土也;积气之中有光耀为星,二十八宿及众星皆是,犹地之石也。日月五纬,乃阴阳五行之精,成象而可见者,浮生太虚中,与天不相系著,各自运行,速迟不等。天左旋于地外,一昼夜一周匝,自地之正午观之,则其周匝之处,第二日子时,微有争差,盖周匝而观之。观天者定其阔狭名曰一度,每日运行一周匝而过一度,至三百六十五日三时有奇,则地之午中所直天度,始与三百六十五日以前子时所起之处合,故定天度为三百六十五度四分度之一有奇。日亦左行,昼行地上,夜行地下,昼夜一周匝,但比天度则不及一度。盖日之行也,与地相直处,日月齐同,无过不及。而天之行也,与地相直处一日过一度,二日过二度,三日过三度,故历家以日之不及天,而退一度者,为右行一度,盖以截法取其易算耳。天倾倚于北,如劲风旋绕,其端不动,曰极。上顶不动处谓之'北极',高出地上三十六度,其星辰常见不隐,以偏依于北方,故曰'北极'。下脐不动处谓之'南极',低入地下三十六度,其星辰常隐不见,以其偏近于南方,故曰'南极'。南北二极,相去之中,天之腰也,谓之'赤道',日所行之道。春秋二分,正与天之赤道相直,故其出没与地之卯酉相当,是以景短而晷长,昼刻多而夜刻少。夏至以后,又移而南,至秋分则与赤道相直,秋分以后,行赤道南,冬至则去南极最近,故曰'日南至'。而其出没,则与地之辰申相当,是以景长而晷短,昼刻少而夜刻多。冬至以后,又移而北,至春分则又与赤道相直,日极于南而复北,则为冬至。至下年日道极南复北之时,三百六十五日余三时不满。故天度一周之时,三百六十五日四分日之一而有余;日道一周之时,三百六十五日四分日之一而不足。天度有余,日度不足,故六十余年之后,冬至所直,大率差一度,是谓'岁差'。月亦左行,犹迟于日一昼夜,不及天一十三度十九分度度之七,盖日行疾于月,而退度不及天一度,反若迟然。月行迟于日,而退度不及天十三度有奇,反若速然。日之行三十日五时有奇,而历一辰,则为一月之气,月之行二十九日六时有奇,而与日会,则为一月之朔。每月气盈五时有奇,朔虚六时不满,积十二气盈,凡五日三时不满,十二朔虚凡五日七时有奇,一岁气盈朔虚共十日十一时有奇,将及三载,则积之三十日,而置一闰。日之有余为气盈,月之不足为朔虚,气盈朔虚之积,是为闰余。五星之行,亦犹日月,其行有迟速。其行过于天则为逆,其行与天等则为留,其行不及天则为顺。日月五星之与天体相值也,由北直南而从分之,谓之'度',由东至西而横截之,谓之'道'。月之行也,二十九日半有奇,而与日同度,是为朔;十四日九时有奇,而与日对度,是为望合。朔之时,纵虽同度,横不同道,若横亦同道,则月掩日而日蚀。对望之时,纵虽对度,横不对道;若横亦对道,则日射月而月蚀。其食之分数,由同道、对道所交之多寡,月朔后初生明时,昏见于庚,下明上暗,象震;上弦时,昏见于丁,下明已多而上犹暗,象兑;望之时,昏见于甲,全体皆明,象乾;望后初生魄时,晨见于辛,下暗上明,象巽;下弦时,晨见于丙,下暗已多而上犹明,象艮;晦之时,晨见于乙,全体皆暗,象坤。地西北高而多山,东南下而多水,先天方图法地,乾始西北,坤尽东南。故天下之山,其本皆起于西北之昆仑,犹乾之始于西北也。天下之水,其流皆归于东南之尾闾,犹坤之尽于东南也。夫阳本实,阴本虚也,阳为气,阴为质;阳成象,阴成形;阳主用,阴主体。则阳反似虚、阴反似实,是不然。天之积气虽似虚,然其气急劲如鼓皮,物之大,莫能御,故曰健、曰刚、曰静专、曰动直,则实莫实于天;地之成形虽似实,然其形疏通,如肺气升降出入其中,故曰顺、曰柔、曰静翕、曰动辟,则虚莫虚于地。然则阳实阴虚者,正说也;阳虚阴实者,偏说也。"观此,则《理学类编》诸书所言浑仪历法,皆一以贯之,而无遗矣。

皇 极 观 物

邵子《皇极经世》所论性、情、形、体、飞、走、草、木,解之者未有能指其为何物。祝氏钤朱《隐老集说》,诸家皆不能明,亦惟草庐能言之。其《原理》下篇曰:"天有四象,地有四象。日月天之用,星辰天之体;水火地之用,土石地之体。立天之道曰阴与阳,立地之道曰柔与刚。日,阳中阳;月,阴中阴;星,阴中阳;辰,阳中阴。水,柔中柔;火,柔中刚;土,刚中柔;石,刚中刚。错而言,则天亦有刚柔,地亦有阴阳。日,阳也;月,阴也;星,刚也;辰,柔也。水,阴也;火,阳也;土,柔也;石,刚也。日火之精为夏之暑,月水之精为冬之寒,星体光耀为昼之明,辰体昏暗为夜之晦,水气下注而为雨,火气外旋而为风,土气上蒸而为露,石气内搏而为雷。人禀气于天,赋形于地,耳目口鼻为首,犹天之日月星辰也;脉髓骨肉为身,犹地之水火土石也;心胆脾肾四脏属天,肺肝胃膀胱属地;指节十二,合之二十四,有天之象焉;掌文后高前下,山崎川流,有地之法焉。物有飞、走、草、木四类,细分之,十六:飞飞者,鸿鹄鹰鹯之属,性之飞,飞之性也;飞走者,鹅鸡鸭鸟之属,情之飞,飞之情也;飞木者,隼鸠、燕雀之属,形之飞,飞之形也;飞草者,蜂蝶、蜻蜓之属,体之飞,飞之体也;走飞者,蛟龙之属,性之走,走之性也;走走者,熊虎鹿马之属,情之走,走之情也;走木者,猿猴之属,形之走,走之形也;走草者,蚁蛇之属,体之走,走之体也;木飞者,松柏之属,性之木,木之性也;木走者,樟榉之属,情之木,木之情也;木木者,械朴荆榛之属,形之木,木之形也;木草者,楮穀木芙蓉之属,体之木,木之体也;草飞者,竹芦之属,性之草,草之性也;草走者,藤葛之属,情之草,草之情也;草木者,蒿艾之属,形之草,草之形也;草草者,菘芥之属,体之草,草之体也。"观此,似是创自胸臆,他无所据,容或牵合,终不若上篇之纯耳。余谓邵子"元会运世"之说,寅为开物,戌为闭物。其源出于佛、老,佛氏之书曰,过去名庄严劫,现在名贤劫,未来名星宿劫,谓之三世。过去世界磨灭之后,经无量时,有大风起,吹水聚波涛,沸涌生大沫,吹置空中,从上至下,依旧建立天地。久后大海枯干,天下烟起,渐至磨灭。此即开物闭物之说也,然犹未详也。老氏之书曰,天地之数有五劫,东方起自子,曰"龙汉",为始劫,一炁孕于空洞之中,大无之始,上无复色,下无复渊,混沌溟滓,如龙变化,周流于虚空也。南方起自寅,曰"赤明",为成劫,运推数极,三景开明,犹皇极开物之会也。中央起自卯,曰"上皇",北方起自午,曰"开皇",俱为住劫,梵气弥罗,万范开张,元纲流演,立天生地。西方起自酉,终于戌,曰"延康",为坏劫。以日言之为夜,以人言

之为死,犹皇极闭物之会也。然则"皇极观物"之云者,其殆二氏之绪
论哉?

性　敏　善　断

武城王道亨_{士嘉},年十八,贡入太学,后就铨为大同府山阴知县,
性敏善断。有瞽者赍钞百缗,醉卧城南荆树下,觉则亡矣。诉于道
亨,道亨曰:"此荆树为妖也。"即出城按问,民大骇,皆竞从之。令人
密捕不往者,得一人,仓皇失措,讯之,果服,遂还其钞而罢。代府内
藏失钞币,而户牖封识宛然,莫知其由。王以道亨有知略,召问之。
道亨至,察视气楼,似有物尝往来,而非人迹,疑为狙所窃。乃列币庭
中,伺群狙过而伺焉。一狙果攫取之,因诘其主,主即款服,尽还之
官。自是邻邑有讼,皆请决焉。母老,就养山阴,婴疾,忽气绝。道亨
哀号,声彻天地,母得复苏。由此治行声名大著,累迁方面。正统初,
官至礼部侍郎。初,道亨五岁而孤,母教之,聪敏好学,遂为邑庠生。
年十二,已能赋咏,作《古塔诗》云:"浮屠何代建,峭拔入云端。绝顶
登临处,摩挲星斗寒。"乡先生刘中行见而奇之,曰:"寇莱公'举头红
日'之句,不过是也,他日必至公卿。"果如所言。

龚　指　挥　气　节

正统十三年二月,福建沙县民邓茂七反。先是,巡按御史柳华,
檄各郡县,凡城郭乡村大小巷道,首尾俱创一隘门,门上重屋,各置金
鼓器械。乡村大者立望高楼于四隅,小则立于其中。编各乡民为什
伍,设总小甲,统率之。夜则轮宿重屋,鸣鼓击柝;不从令者,听总小
甲究治。由是总小甲各得自恣,号召乡人,罔敢违者。茂七与弟茂
八,皆编为总甲。尝佃人田,例于输租外,馈田主以新米鸡鸭,茂七始
倡其民革之。又以租输于远者,令田主自运而归,不许辄送其家。田
主诉于县,县逮茂七,不至,乃下巡检追摄之,因而杀其弓兵数人。县
闻于上司,调官军三百人,与之格斗,杀伤殆尽。至是惧讨,乃刑白

马、歃血誓众，遂举兵反。他县游民皆举金鼓器械应之，乌合至十余万人，僭称伪号，署官职。八闽骚动，诏遣都督刘聚为总兵，都督陈韶、刘德新为左右参将，佥都御史张楷监军。括苍贼叶宗留咋诸途，陈韶与战，败死。楷请济师。十四年，诏以宁阳侯陈懋为总兵、征夷将军，保定伯梁珤、平江伯陈豫、都督同知范雄、都督佥事董兴为左右副参，刑部尚书金濂参赞军务，太监曹吉祥、陈梧监军，御史丁瑄、张海纪功，大发兵讨之。春二月，师次建宁，而茂七先攻郡城，为延平官军所杀。传闻张楷诗有句云："除夜不须烧爆竹，四山烽火照人红。"远近忧叹，初不知茂七之遽死也。已而余党推茂七兄伯孙为主。传闻茂七果死，始有向前意。于是幕府下令立赏格，能擒杀其党，与斩敌同。自是擒斩而降者相继。有老人言，贼在尤溪山中，欲降，宜遣人抚之。众莫敢往，惟千户龚遂荣、与致仕驿丞周铸，毅然请行。遂荣率数骑，入深山中，可五六十里，至老人家，或言老人亦贼也。遂荣乃呼老人，谕以祸福，老人阖家叩头谢。因设草具，遂荣与铸饮食之，意气扬扬，略不为动。食竟，就马抵巢穴，尽降其众而还。贼将张留孙，勇而健斗，自茂七起事，常在行间，伯孙尤倚仗之。遂荣、铸乃寓书留孙，告之逆顺，许其自新。使谍佯告若误者，传致之伯孙。伯孙果疑留孙，杀之。由是贼将人人自疑，弃伯孙来降。伯孙竟败，就执，贼众遂散，闽地悉平。师还，幕府上功兵部。时新被狄难，用事者方大保护京师之功，沮其赏弗行。遂荣好学，善属文，居贫，授徒自给。征闽回日，口不言功，默默守故职，而贫益甚。时睿皇帝归自北狩，尊为太上皇，居南宫，幽闭如狴牢，至穴墙以通饮食。一时用事诸大臣，方倡与子之说，遂荣独草疏，请还政于睿皇。疏未上而语泄，景帝大怒，下遂荣狱，将杀之。会赦，犹杖之几死，挛不能行者数年。睿皇复辟，始授指挥佥事云。

井 妖 致 殒

香山教谕平南张公辉以广右解首，自负文学，为人甚温雅疏俊，士子敬之。景泰元年，来主师席，忽见廨舍井中，有人衣红出而招之。

辉素有胆气，呵骂之，走上莲峰而灭。次日，会饮县堂，与丞争坐位，交相拳殴，归，投井死。县官收敛辉毕，遂填其井。其子孙至今贵显。岂辉有学行、夭于非命，天故报之独厚欤？

旌 忠 祠

英庙九龄嗣位，宠信司礼太监王振，窃弄威福，或请太皇太后张氏垂帘听政，不允。一日，召英国公张辅，内阁杨士奇、杨荣、杨溥，尚书胡濙，入见便殿，宣振至前，戒谕之。正统壬戌，太后崩，振恣肆，作大宅皇城东。又明年，作智化寺于宅左，以祝厘，自撰碑文。及土木之难，言官劾其擅权误国，今陷虏中反为虏用。籍其家产，玉盘径尺者十枚，金银十余库，马数万匹，族党皆坐诛夷，宅没入官，改京卫武学。天顺改元，振党以闻，上大怒，曰："振为虏所杀，朕亲见之。"追责言者过实，皆贬窜。诏复其官，刻香木为振形，招魂以葬，塑像于智化寺北，祠之，敕赐额曰"旌忠"。僧然胜奉其香火，夤缘以孝行被旌。磁州同知龙约自京还任，以语州人罗绮。时绮以副都御史降参政家居，为人奏其谤讪，皆获罪。许学士彬积不平，赋诗曰："忠臣偶尔陷车驾，孝子胡然伤发肤。智化寺中祠屋上，蓟门风峻夜啼乌。"

王 忠 肃 公

王忠肃公翱自总督两广军务入为太宰，与内阁李文达最相得。一日偕文达趋召，入文华殿。英庙临前楹见之，顾问毕，去，见其衣后穿，呼还，笑问其故。公顿首对曰："臣适在部，衣此，闻命遂不及易。臣闻君命召不俟驾，而暇易衣乎？"赐绮一端，扣谢而出，上益知其诚恪可用。尝至东阁立候，遥见从行主事与左顺门内竖谈笑，公呼之，谓曰："曾读《论语·乡党篇》乎？'过位，色勃如也'。此地近奉天门御榻，岂嬉笑处邪？"其敬慎如此。马恭襄昂代公总督，及入为大司马，犹呼其名，恭襄未尝不敬诺也。夫人为婿求迁官，至下跪，公叱骂之，终不迁。每遇铨除，人无敢干以私者。主事曹恂既升参议，出至通州，病还，公为奏闻，有旨，仍旧职。恂怨公，遇于朝，捽公殴之。公凝立不动。观者谓恂必得重罪，公具言恂实丧心，奉旨罢其官，令有司妨闲出入而已。景泰时，召妖妓李惜儿入宫，优人张甚通同东厂逻者，害及举子。予在太学上疏言"正身、正家"六事，礼部奉旨，本无他意。杨兴济_善必欲文致予罪，以问公，公徐曰："皇上光复之初，乃首罪一监生邪？"善赧而止。吁！公之盛德，何能尽书也！

薛尚书论礼乐

天顺改元，薛公继远_远自户部郎中超拜本部侍郎，从人望也。予上疏时，获免罪责，公有力焉。寻延予长安西邸，以教其子。每谓予曰："向使礼部说行，子固今之陈东也。然宇宙内事，当视为性分。子其勉之。"公博学，无所不通，礼乐、兵刑、天官、律历，皆涉其要。尝出《周礼》及《逸周书》示予，曰："《周礼·小祝》有寇戎之事，则保郊祀于社。王安石解'保郊'所以防患、'祀于社'所以弭兵，非也。当作一句，谓郊社同在一处。盖泰坛方三百步，四周为泽宫。据魏儒刘芳言，则坛有四门，门外为四郊，观觐礼大略可见。故《逸周书》曰：'设大社于周中。'当四周之中立大社，即泽中方丘，而圆其顶，即地上圆丘也。《大司乐》，冬日至，以阳声召阳气，其律相继，故天神降；夏日至，以阴声召阴气，其律相生，故地祇出。合为九变，阴阳相得，其律相合，故人鬼格。此所谓'大合乐'，非分祀也。二至演乐，则分阴阳以召验之。及祀天地，配以后稷，则同在一处，乃坤顺承天合同而化之义。我太祖皇帝合祀天地，最得《礼》意，当时耆儒汪克宽谓：'祭天必及地，尊可以统卑也。正如人子奉养馈食于父，必及其母，岂可分别哉？'观此二书，则可见矣。"其言《天官书》以日及斗为主，语多不能尽忆。公本庐之无为州人，祖祥，洪武中工部尚书，谪海南，因家焉。故举吾广乡试，正统壬戌进士，终南京兵部尚书。最谙国家典故，所履有声，为时名臣。

张 都 督 不 欺

南京金都督凤阳张九衢通,文武全材也。初,守大同,与石亨同僚,其孙镛与亨皆娶武安侯妹,为友婿,最相得。亨迎驾南宫,时公方在京,使人索赂,将为公及镛报功。公执不可,曰:"吾实未效劳,敢欺君乎?且贫无以为献也。"卒辞之。久之,仍旧职改南京,未尝介意。及亨败,冒功升官者皆削谪。虽学士黄谏,亦所不免。而公完名高节竟以寿终,可谓贤矣。公博通经史,尤善吟咏,词翰杰出一时,大书遒劲有体。予在学时,颇好作诗,公谬见重,期予大用,谓于词章相貌征之。尝为作坊牌扁及"友琴堂"大字。今公没已久,而予碌碌负公,每睹遗墨,为之黯然。

马 杨 二 义 士

天顺中,有二义士,曰马士权、杨埙。初,御史杨瑄劾奏忠国公石亨、太监曹吉祥侵占民田,上从徐有贞、李贤言,以瑄不避权幸,命户部核实。于是十三道御史张鹏等合章纠亨不法,兵科都给事中王铉知之,以告亨。亨入诉,言鹏乃已诛奸臣内官张永从子,故结党诬臣。上命收鹏及瑄,遂御文华殿,悉召诸御史,面诘之,曰:"亨若有罪,何不早言?悉下锦衣狱,究主使之者。"卫官奏右都御史耿九畴、副都御史罗绮,讽使为此,并执问之。鞫,谓其阿附有贞及贤主使妄劾,遂下有贞、贤于狱。会有风雷雨雹之变,降有贞、贤参政、九畴布政使,绮亦参政,御史盛颙等调知县,瑄、鹏俱戍铁岭卫。会薛瑄致仕去,欲用王翱,翱荐留贤为吏部侍郎。亨虑有贞之复用也,令人伪作给事中李秉彝劾奏吉祥过恶,语甚危激。秉彝久卧病,则以貌肖者持上之。命讯,秉彝至死不承。缉捕匿名者甚急,亨因潜有贞怨望,使所亲马士权等为此,而灭其迹。上信之,遂遣官校捕有贞于途,收士权等俱下狱考掠,濒死者数四,士权终无所言。乃摘武功伯诰券"缵禹神功"之语,出有贞自撰,实谋作逆,故出语不臣。士权始大呼曰:"有贞,忠臣也,岂有自撰诰券、露其逆谋之理?"都指挥门达等竟不能折。会承天门灾,肆赦,刑部左侍郎刘广衡等犹以诈为制文当斩,奏闻。上以有贞犯在赦前,得释,发金齿为民,士权亦免。其后门达怙宠骄横,恶同僚袁彬质直不屈,乃使逻卒发其阴私,考掠成狱。彩漆军匠杨埙怜之,疏言:"昔者驾留虏廷,独彬以一校尉保护圣躬,备尝艰苦。今卒然付狱,乞御前审录,则死无憾。"并条陈达不法二十余事,击登闻鼓以进。上令达逮问,达缓埙死,令诬大学士李贤主使。埙阳应诺,达遽以闻,遂命中官会法司讯于午门。埙言事由己出,于贤无预。达计大阻,而彬犹降黜。未几,英庙宾天,言官劾达罪,谪戍南丹以死,彬得复官。呜呼!天下祸机,多由于激。向使瑄言甫行,而鹏等俟其终,则衣冠之辱,未必如是之甚也。主使之套,今犹袭用之,岂成宪然哉?贤之不为有贞,特天幸尔。吾于二士乎有感。

非 非 国 语

宋刘章尝魁天下,有文名,病王充作《刺孟》,柳子厚作《非国语》,乃作《刺刺孟》、《非非国语》,江端礼亦作《非非国语》。东坡见之,曰:"久有意为此书,不谓君先之也。"元虞槃亦有《非非国语》,是《非非国语》有三书也。同邪?异邪?岂绍述而剿取之邪?求其书不可得,盖亦罕传矣。今以子厚之书考之,大率辟庸蔽怪诬之说耳,虽肆情乱道,时或有之,然不无可取者焉。其《非灭密》也曰:"康公之母诚贤邪?则宜以淫荒失度命其子,焉用惧之以数,且以德大而后堪?则纳三女之奔者,德果何如?若曰勿受之则可矣,教子而媚王以女,非正也。"斯乃正论,其可以尽非邪?至其《非三川震》曰:"山川者,特天地之物也。阴与阳者气,而游乎其间者也。自动自休,自峙自流,是恶乎与我谋?自斗自竭,自崩自缺,是恶乎为我设?"此则肆情乱道甚矣,是"天变不足畏"之所从出也。余类此者,不容枚举。此所以来三子者之喙与?

卷第七

金 钱 银 豆

景泰初,开经筵,命太保宁阳侯陈懋知经筵事,户部尚书兼翰林学士高穀同知经筵事,户部右侍郎兼学士江渊、学士商辂、侍讲学士刘铉、吏部右侍郎俞山、礼部左侍郎仪铭、兵部右侍郎俞纲、祭酒萧镃、左春坊左谕德赵琬,兼经筵官。相传云,是时,每讲毕,命中官布金钱于地,令讲官拾之以为恩典。高穀年六十余,俯仰不便,恒莫能得。有一讲官,忘其氏名,常拾以贻之,有识者病其媟渎。时宫中又赐诸内侍以银豆等物,为哄笑。杨文懿公守陈时在翰林,赋《银豆谣》曰:"尚方承诏出九重,冶银为豆驱良工。颗颗匀圆夺天巧,朱函进入蓬莱宫。御手亲将十余把,琅琅乱洒金阶下。万颗珠玑走玉盘,一天雨雹敲鸳瓦。中官跽拾多盈袖,金珰半堕罗裳绉。赢得天颜一笑欢,拜赐归来坐清昼。闻知昨日六宫中,翠蛾红袖承春风。黄金作豆竞拾得,羊车不至愁烟空。别有银壶薄如叶,并刀剪碎盈丹匣。也随银豆洒金阶,满地春风飞玉蝶。君不见民餐木皮和草根,梦想豆食如八珍。官仓有米无银籴,操瓢尽作沟中瘠。明主由来爱一嚬,安邦只在恤穷民。愿将银豆三千斛,活取枯骸百万人。"於乎!国帑用汰,至此极矣。

黄 寇 始 末

南海贼黄萧养者,冲鹤堡人也,貌甚陋,眇一目,而有智数。坐强盗,在郡狱逾年,所卧竹床,皮忽青色,渐生竹叶,同禁者江西一商人,谓曰:"此祥瑞也。"因教以不轨,使人藏利斧饭桶中,破肘镣,越狱而出,凡十九人。商人遂逸去,不知所在。官隶狱卒追之,挥斧而行,人莫敢近，其党驾船以待，遂入海潜遁，正统十三年九月也。于是啸聚群盗，赴之者如归市，旬月至万余人。十四年八月，攻围郡城，官军御之，辄为所败，城中饥死者如叠。制云梯吕公车冲城，几为所破。设开都伪官，招诱愚氓，渐至十余万。都指挥王清自高州引兵赴援，至广，舟胶浅水。有小艇载柴及盐鱼者，奔迸若避贼状，官军问萧养所在。言未脱口，伏兵出柴中，擒清，尽歼其军。城中震恐，三司官登城望之，刃矢森发，相顾涕泣而已。间道告急，驿至京师。诏遣都督董兴总兵，都指挥同知姚麟副之，兵部侍郎孟鉴、佥都御史杨信民督其军，寻命信民巡抚广东。贼既屡胜，遂僭称东阳王，改元，授伪官者百余人，据五羊驿为行宫，四出剽掠。信民旧为广东参议，将至，贼众渐散。景泰元年春，兴等进兵，时天文生马轼随行，至江西，夜半闻鸡，兴问之曰："此何祥也？"对曰："鸡不以时鸣，由赏罚不明，愿公严军令。"及经清远峡，有白鱼入舟中，轼曰："武王伐纣，有此征应，此逆贼授首之兆也。"时萧养聚船河南千余艘，其势甚张，众欲请兵。轼曰："兵贵神速。若请兵，则缓不及事。以所征两广、江西狼兵，取胜犹拉朽耳。"兴从之。三月初五夜，有大星坠于河南，及旦，以所占告曰："四旬内，破贼必矣。"四月十一日，兴帅官军至大洲头，与贼遇，果大破之。时信民使人赍榜，谕贼使降。萧养曰："杨大人，我父母也。当徐思之。"获巨鱼为献，信民受之，立斫数十段，颁于有司。贼出而叹曰："势不佳矣。"叛萧养者渐多，留者不满一千。会信民中毒，卒，鉴乃益加招徕。萧养中流矢而卧，为官军所擒。于是奏捷于朝，萧养伏诛，余党悉平。诏鉴代信民巡抚，乃析南海冲鹤、大良诸堡为县，名曰"顺德"云。

王　清　罹　难

王清，字一宁，济宁卫指挥，慷慨多勇略，常提兵入卫。宣德间，率所部出喜峰口，及至鸳鸯海觇虏，累立奇功，曾有句云："落日龙荒觇虏还，剑光直射斗牛寒。少年气节应无敌，肯负平生一寸丹。"正统丁巳，升广东都指挥，以亲老不遂迎养，陈情乞分俸于原卫,诏许之。蛮夷叛据大藤峡,清往讨有功。戊辰,总督广东军务。己巳,协同总兵驻军高州。广贼黄萧养劫乡民叛,众十余万,围攻广州。清帅舟师赴援,至沙角尾,水浅舟胶,失利,被执。贼素知清威望,不敢害清,投水不死,因寄衣还广城中,大书诗云:"两捧天书镇百蛮,偶因兵败不生还。飘零身世轻于叶,磊落襟怀重似山。半夜愁吟珠海寺,几回梦堕鬼门关。凭君独有衣相寄,为我招魂宇宙间。"数日贼拥清至城下,使谕众开门降,清骂贼不绝,遂遇害。有《建橐集》行于世。

太 宰 上 寿

　　南京吏部尚书魏文靖公骥,天顺甲申,遇宪庙即位,诏文武官员五品以上致仕者,进阶一级。时年九十一岁,进一品官阶,《闲居述怀》诗云:"迂疏不觉已成翁,镇日优游雨露中。一品新升遵紫诏,百年将届荷苍穹。松楸入望山逾丽,禾黍连云岁又丰。感激天恩深似海,沾濡能有几人同?"至己丑元日,年九十六,诗云:"白头又喜换年华,香蔼清芬烛吐花。宫锦任披随所恋,椒觞从泛不须赊。年登上寿身逾健,官拜深恩秩更加。愿祝尧年等天地,华夷一统庆无涯。"庚寅元日,年九十七岁,诗云:"家家箫鼓庆新年,老我风情只自然。庭竹禁寒呈晚翠,窗梅和雪献春妍。酒香旋漉延佳客,诗就清吟续旧编。最喜康强胜去岁,从人说是地行仙。"辛卯元日,年九十八岁,诗云:"骨肉团圞子与孙,升平又喜沐晨昏。江河合派归溟渤,夷夏同心仰舜文。粲粲呈春梅吐玉,欣欣献岁客过门。老臣白首栖蓬荜,只效封人祝至尊。"《秋夜闲居咏怀》云:"步玉登金鬓已霜,天恩乞得老江乡。虀盐随分犹钟鼎,泉石长甘即庙廊。雅素欲追陶靖节,疏狂又学贺知章。百年已届殊康健,任乐唐虞化日长。"九月十九日,《病中临终》诗云:"泊泊华池水渐来,今朝怀抱觉还开。上苍未必重颁福,残喘何期更复回。瑶岛不劳青鸟至,菊篱还许白衣来。明当放棹西湖去,翠水丹山唤作陪。"官至一品,可谓尊矣,年近百岁,可谓寿矣,国朝大臣,罕与之俪。期耋作诗,固不暇计其工拙也。

南 苑 射 猎

京城南有苑,苑中有按鹰台,台旁有三海,皆元之旧也,本朝稍增治之。自太宗定都以来,岁时蒐狩于此。天顺戊寅孟冬朔旦,朝退,驾出,既入苑。上由中道,从臣分道由左右会于台下,时日加午矣。长围渐合,羽毛毕集,上亲御弓矢,命中,勋戚武将,应诏驰射,获辄献之。既毕,赐酒馔,以所获分赉从臣,命之先归,上御飞轿后至。是日天气明霁,风埃不惊,归途见月,马腾人乐。学士刘定之诗云:"圣明天子中兴年,大阅军容故卜畋。射雁得书卑汉武,贯鱼入咏迈周宣。追风玉勒从晨出,吹月金笳及暮旋。有获应为王者佐,属车命载着先鞭。"

布 衣 进 心 学 图

漳州布衣陈剩夫真晟,天顺二年,用伊川故事诣阙,上《程朱正学纂要》。其书首采程氏学制,次采朱子《论说》补《正学》工夫。次作《心学》二图,其一为《天地圣人之图》。大书一心字,以上一点规而大之。中虚曰"太极",太极左曰"静",右曰"动"。太极前一字倒朝上,曰"复"。静作十六点黑,动作十六白,盖太极生两仪也。自是如旋螺状凡十点,弯而向左,又各作十八黑白点,如前而大,每一大点包二卦,盖自二而四、自四而八、自八而十六、自十六而三十二、自三十二而六十四,即邵子《先天图》也。坤、复在下,书冬至;乾、姤在上,书夏至。升、讼为义,曰"立秋",咸、遁曰"秋分";否、谦为正,曰"立冬";明夷、无妄为仁,曰"立春";临、同人曰"春分";履、泰为中,曰"立夏",盖兼太极而一之也。其一为《君子法天之图》。亦大书一心字,其上一点规而大之,视前差小。中虚曰"敬",敬左曰"静",右曰"动",前一字朝上曰"复"。静之左半黑而白,白复黑;动之右半白而黑,黑复白,即太极图之阴阳动静也。然白黑皆互圆相入,与太极稍异。上曰乾、下曰坤,左曰坎、右曰离,坎之左曰静主动,离之右曰动主静。乾之上书圣要四说,曰"主一无适"、曰"整齐严肃"、曰"常惺惺法"、曰"其心收敛,不容一物"。盖采朱子之说,亦合先天太极为一者也。总为之说曰:"右图二,一著天心动静之本然,是性之原也;一著君子法天之当然,是性之复也。圣人亦天心之自然者也,君子岂可以不学乎? 然复性之说,经传详矣,而未有如此后一图义之要而尽者也。惟君子知之,又能主敬以体之,以尽其法天之功效也,而有序焉。盖始则主敬,使一动一静,互为其根,即致知诚意之事,是始学之要也,固不外此一圈。终则敬立,而动静相根,明通公溥,即知至诚意之事,是为圣功之成也,亦不外此一圈。而自始至终,则皆不离乎敬焉。如是则法天之功至,与前一大圈同一,浑然粲然而无间矣。一敬之功用如是,岂不大哉? 三代学校之所以教者,惟此而已,此非后世记诵俗学之所能与也。自伏羲画卦示精之后即复卦,尧以是钦传之舜,舜以是恭传之禹,禹以是精一传之汤,汤以是日跻传之文缉熙、武戒、周公待旦、孔子博约,孔子传之颜心斋、曾一贯、思尊德性、孟求放心,及孟氏没而遂失其传者,此也。寥寥千余载,至周、程、张、朱氏出,然后此学大明。及朱氏没而后晦者,只由宋、元学校,虽皆用程、朱之书,而取士又仍隋、唐科举,是以士视此心学为无用,故多不求,又失其真传焉。今幸圣明崇重圣学,学校采程、朱之议而用之,则心学之传,可以继朱氏矣。夫象理甚明,不烦解剥,但能体此下学之功主敬,至于得其上达之妙太极全体,则此图在我,虽四书五经,无复遗理。盖只是吾所得于天之本心、而圣圣相传者也,其至要而广大悉备,孰有加于是哉? 故宜朝夕敬观,且乐与同志者共焉,而尤望有以是正之。后书泉南布衣陈真晟述,非进呈体也。书未上,先疏乞召见而陈其说,不报。及书上,得旨,下礼部,时侍郎邹幹掌部事,不知其说云何,其事竟寝。

寿 星 塘

宋广东经略使蒋之奇,尝作《蓬莱仙传》:"陈仁娇,香山陈氏女子也,自少绝粒,修炼成仙,身轻能从诸仙飞游四方,尝降广州进士黄洞家。今吾邑惟寿星塘山水幽胜,甲一邑,有物曰'赤虾子'者,如婴儿而绝小,自树杪手相牵挂而下,笑呼之声,亦如婴儿,续续垂下,甫至地而灭,人谓蓬莱仙女遗类也。"予窃谓不然,盖土石之怪夔魍魉耳。又有大鸦,高七八尺,立与人齐,见肉食,即啄去。景泰元年冬,予葬先考妣于此,人踪日多,二物日少。因思刘静修诗云:"人道乖张鬼道侵",若人盛则鬼衰,亦乘除之数、天地自然之理也。

莲 峰 卿 云

景泰丙子仲秋朔旦,邑庠行香后,忽见五色云出于莲峰之上,霏霭亘天,黄彩为多。予时在广,同舍郑贤,领批居首,自负时名,其读书自扁"元吉斋",作诗有"元吉协黄裳"之句,予窃哂之,因次韵云:"莲岫倚空苍,卿云忽降祥。九霄悬锦绮,五色焕文章。远霭兼山碧,非烟带日黄。虞廷如可献,将补舜衣裳。"此上瑞也,岂吾人所敢当耶?

登 科 梦 兆

予应景泰七年乡试,七月,时同郑贤、李潗自石岐登舟,忽千户林兴来送,揖贤及予曰:"兴梦最验,恭喜二位俱登第矣。郑秀才名在前列,但山字上如卢状,殊不可识,岂传胪之兆邪? 黄秀才中五十七名,梦中见之甚真。"潗不悦,佯醉而卧,兴遂辞去。及揭晓,予叨领荐额,恰如其数,有郑贤在予前,乃灵山人也。

汤 阴 精 忠 庙

汤阴县西南有岳武穆王精忠庙,正统末,大学士徐武功有贞所建也。其碑文曰:"国之有忠义,犹天地之有元气。天地非元气不运,国非忠义不立。天地之主以道,国之主以人。道无私而人多欲,故天地不自害其元气,而国有自害其忠义者。至要其终,则亦有万世之公论存焉,如宋鄂武穆王是已。当徽、钦之既北狩,而高宗南渡也,华风几沦,戎祸方炽。宋之不亡,犹如一线之属旒;国之无人,谁与复立?王于时奋自徒步,应募而起,历裨校至大将,小战百余,大战数十,锋不少挫而益劲,遂平南北群盗,倾伪齐以蹙金人。盖王之忠义勇智,皆得之天,非矫伪而为者,故以恢复为己任。才与忠副,名与实补,南渡以来,一人而已。当是时,女真几灭,中原几复。奈何主蔽于奸,忘仇忍耻,自弃其土,而不能成中兴之大功,此则宋之不幸、中国之不幸、而岂独王之不幸哉?论者谓方郾城战胜,进军朱仙镇,兀术将弃洛遁。诏趣班师。使王持'将在军、君命有所不受'之义,坚执北伐,乘屡捷之势,逼技穷之虏而灭之,尽收故疆,措置已定,然后奏凯旋师,归身谢罪,顾不愈于束手就僇、而志不得伸邪?此亦一义,然未得其当也。夫将不专制久矣,惟赵充国之破西羌、尝违诏而伸己策,以上有孝宣之明、下有魏相之忠与协耳。不然,则必如孔明之受托昭烈,桓温、刘裕之专制晋权乃可。彼高宗之去孝宣远矣,又济之以奸桧之贼,王既无孔明君臣之契,而裕、温又非王之所肯为者,此所以宁死而不敢专制也欤。乌乎!于此可以见王忠义之诚矣。是以自宋及今,天下之人所共扼腕伤叹,声其害王者之罪,而诵王之烈不已,非所谓公论之存于万世者乎?岁己巳八月,皇帝初即大位,以统幕师燧。上皇未复,寇方内逼,乃命侍讲臣珵等十有五人,分镇要地遏乱,略纠义旅,以为京师声援。而臣珵实来彰德,彰德,古相州也,汤阴为其属邑,邑之周流社,王之生地也,间因行县至焉。既临祭王之父祖墓而封守之,乃集郡县僚吏、师生父老于庭,而谕之忠义及王之祠事,皆喜跃愿效力。其明年春,珵以召还,乃具列王之功于礼当祀者以闻,诏可。祠既成,敕赐榜曰:'精忠庙',而俾有司春秋祭享如制。于是书其事于丽牲之碑,而识其相事者之职名于碑阴。"碑文内珵,即武功之初名也。立斋宋宪副端仪尝著《岳飞班师论》,正谓王知变而不知权,一时士子翕然韪之。予独致疑,以为不然。今观武功之论,实与予合,乃知义理固人心之所同然也。当时使王行权而不守正,违君命以前征,军士心必解体,谁与为战?而高宗奸桧亦有辞矣,是自弃其师、兼败其身也,一失其正,万恶皆归,王岂肯为哉?故录武功之文,以俟断史者采焉。

岳 武 穆 遗 诗

览《池州府志》，得岳武穆遗诗二章，皆《精忠录》所未收者。《题齐山翠微亭》云："经年尘土满征衣，得得寻芳上翠微。好水好山观未足，马蹄催趁月明归。"《题池口乐光亭》云："爱此倚阑干，谁同寓目闲。轻阴弄晴日，秀色隐空山。岛树萧飚外，征帆杳霭间。予虽江上老，心羡白云关。"

理 宗 本 生 系

《宋史·理宗纪》不著本生世系，独于《宗室表》见之。按，燕王德昭生冀王惟吉，惟吉生卢江侯守度，守度生嘉国公世括，世括生房国孝恪公令稼，令稼生修武郎子奭，子奭生伯昕，伯昕生师意，师意生希玗，希玗生理宗。若济王竑，则秦王德芳之后，德芳生惟叙，惟叙生从溥，从溥生世尧，世尧生令敀，令敀生子乙，子乙生伯存，伯存生师丑，师丑生希瞿，希瞿生竑。于宁宗为近属，故当时立竑为皇子，而以理宗后荣王者，盖亲疏之杀云。

庄 周 乱 名 实

偶读庄周之书，观其论事之体，如悬河立海，电驰霆击，龙蛇走陆，而云烟绮天，令人惊喜而不能已。至其荒唐诞放，启天下后世乱名实而紊载籍，是则可以凭怒也，周之罪大矣。盖其稍据实事，附入己说，如《接舆之歌》者是也，而圣贤行迹自此不足信。诡为姓名，恣其伸喙，如肩吾、连叔之问答者是也，而古人姓名自此不足信。虚实相半，是非交杂，如意而子问许由。仲尼见老聃之类是也，而天下实理自此不足信。自周之书行，而古今之事纷糅颠错，虚实混为一途，而不可尽识矣。其尤甚者，则姓名之诡撰，足以眩人之听闻，非若事迹之尚可稽也。余尝谓编辑类书，当分实事、寓言二科，以精别之，斯为无弊。且以小说诸书考之：如牛僧孺之《玄怪录》，郭元振《乌将军事》，本寓言也，祝穆于《事文类聚》，则以为实。魏泰之《碧云骢》所载司马光营妓事，本谤诋也，阴复春于《韵府群玉》则以为实。《龙城记》所载赵师雄梦梅花事，本戏笔也，《惠州志》则以为实。《梁四公记》所载姓名，本不知所据也，王应麟于《姓氏篇》则以为实。《开元天宝遗事》所载张彖冰山事，有无本不可知也，《资治通鉴》则以为实。似此之类，未易枚举。溯其所自，则庄周启之也。《六经》、《语》、《孟》之书，莹洁纯粹，有其事则书，未有诡撰其事者，有其人则书，未有诡撰为人姓名者。经于秦火，坏于汉儒，盖犹有致疑于其间者矣。然则小说孟浪、无稽之浮谈，其可据以为实乎？故尝以为自《六经》、《语》、《孟》诸儒正说之外，大半皆乌有、无是公也，岂非庄周作俑之罪哉？

薛文清公德学

内阁学士河东薛文清公瑄，名德硕学，海内推重。尝为御史，巡按山东，建言谓内外风宪，缄默不言。顾都宪佐恶之。后公考满，顾署"下下、不称职"，坐是不得进阶及封赠父母，公未尝介意少见于颜色，其涵养可知也。景泰辛未秋七月，以大理右寺丞乞致仕，户部侍郎兼翰林学士江公时用渊言于上曰："薛瑄历官，罢而复起，始终不易其操。昨者奉命督四川、云南粮饷，以给贵州之师，日夜劳心思，竭筋力，以底有功。今年才逾六十，耳目聪明，未觉衰耗。臣愚以为瑄之学、之才，宜置之馆阁，以资其助。不宜俯徇其情，听之去也。"于是，诏留复职，寻升南京大理寺卿。未几，果入内阁。时论方重顾公，以江公爱惜人材之心较之，其优劣何如也？天顺丁丑，薛公主会试，未几，去位。予在太学，往谒送之，以"复性"为问，因质以继善成性与相近之义。剖析分明，谓："继善即天命，成性即气质。孟子指天命本然说，孔子兼论气质，其说乃备。"德容温晬，言词质直，真君子人也。忽一客至，予辞而出。同舍王举人琰尝以史中诸疑误质之，如宋太祖授受事。公寻思徐曰："多闻阙疑，若此阙之可也。"盖确论云。

郕 邸 官 僚

正统庚申,景皇在郕邸,吏部奉敕择儒臣为官僚,人皆托故避之。其不得已就者,翰林侍讲东莱仪铭为左长史,修撰吴郡杨鼒为右长史,训导嘉兴俞山、晋江杨玙为伴读,中书舍人金陵俞纲为审理正,南昌余俨、太原朱绂为审理副,皆不由科目者。及王即大位,首擢二长史皆侍郎。铭终太子太保兵部尚书,鼒终礼部尚书。山为鸿胪左寺丞,历少卿、吏部左右侍郎。玙为户部郎中,升南京户部侍郎。纲擢太仆少卿。晋兵部右侍郎,且窃居内阁,月余罢。俨迁佥都御史。绂迁大理少卿。人之功名富贵不可豫料如此。纲,字廷立,嘉善之胥山乡人,后徙金陵。无他材能,以生员荐入翰林,预修《宣庙实录》,得中书,后骤进,得与密勿,人诧为异。英皇复辟,加太子少保,仍兼侍郎,改南京礼部致仕,怏怏病卒。其遭逢可谓过分,而纲犹不自足,有女为柯状元继室,每述其父觖望之言,殊可笑也。

彭 蠡 缆 精

天顺初元,予计偕北上,经彭蠡湖,舟人言宗三秀才灵异,当具牲醴求神福者。问之,扣齿摇首不敢言。既望奠后,乃言曰:"昔圣祖之鏖战伪汉也,有棕毛巨缆,分判为三。岁久,化为蛟龙。宗一、宗二飞腾而去,独其季弟淹留在此。每蜿蜒波涛中,舟人稍欠修敬,遇之辄有祸败。或化为丈夫,题诗作谶,后无不验。"予大不然之,后告往南监,再经其地,则妖已熄矣。时都昌孔知县韶文𬸘者,最号廉能,偶岁大旱,闻其出没,乃往验之。一巨木岁久为水草交洛,真若鳞鬣然。笑曰:"宗三秀才乃汝邪?"命左右秉炬焚之,了无他异。韶文由是声名大著,累官至右副都御史、工部侍郎。系出先圣,家于姑苏,景泰甲戌进士。

绝 句 近 唐

景泰甲戌选进士十八人,改翰林庶吉士,入馆修《寰宇通志》。书成,授官。首则丘文庄公濬,次则彭学士华、尹学士直,俱编修,而牛纶以太监玉侄亦与焉。授科道者,吾乡东井陈先生政,及耿裕、金绅、刘钎、孟勋、严泫、何琼、甯珍、陈龙、黄甄、王宽、吴祯也。修书兼攻课业,惟此科为然。彭长于绝句,《咏陶渊明》云:"解印归来雪鬓飘,呼儿滴露写前朝。丁宁莫取江头水,恐是金陵一夜潮。"《题王明妃》云:"抱得琵琶不忍弹,胡沙猎猎雪漫漫。晓来马上寒如许,信是将军出塞难。"风味近唐人矣。

古廉叙织锦图

苏若兰织锦回文璇玑图记

仁智怀德圣虞唐真妙显华重荣章臣贤惟圣配英皇伦匹离飘浮江湘津伤嗟情家明蓝荣志庭闺乱作人谗佞奸凶害我忠贞桑凶慈雍思恭基河惨叹中无镜纷为笃明难受消源祸因所恃恣极骄盈榆顽孝和淑自为隔怀怀伤君朗光谁终荣苟不义姬班女婕好辞辇汉成薄漫休家贞记孝塞慕所路房容珠感誓城倾在戒后孽嬖赵氏飞燕实生景谗退远敦贞敬殊增离旷帏饰曜思穹荧犹炎盛兴渐至大伐用昭青青昭愚谦危节所是山忧经遐清华英多苍形末在慎深虑微察远祸在防萌西滋蒙疑容持从梁心荒淫妄想感所钦岑幽岩峻嵯峨深渊重涯经网罗林光流电逝推生民堂妃闺飞衣谁追何思情时形寒岁识凋松慈居叹如阳移陂施为祇差生空后中奋衮为相如感伤在劳贞物知终始旧独怀何潜西不何谁神无感惟自节能我容声将自孜君想颜丧改华容是为女贱曜日月激与通者旷思兴厉不歌冶同情宁孜侧梦仁贤别行士念谁贱鄙嚚白无愤将上采悲咏风樊叹发观羽缠龙旐容衣诗情明显怨哀情时倾英殊衰殊身节菲路和周楚长双华宫忧虎雕饰绣始璇玑图义年劳叹奇华年有志饬志蔚长音南郑歌商流征殷繁华观曜终始心诗兴感远殊浮沉时盛意丽哀

遗身藏邵卫咏齐曜情多文曜壮颜无平苏氏理往忧岁异浮惟必心华惟
下微摧伯女志兴荣伤患藻荣丽充端比作丽辞日思慕世异逝倏违荣感
体悯悲窃河遐硕翠感生婴漫丁冤诗风兴鹿鸣怀悲哀谁游倏无一俯忧
作己声宛广路人粲我艰是漫是何桑翳感孟宣伤感情者颓然盈体仰情
者处发淑思逶其葳情惟忧何艰生时盛昭业倾思永戚我流若不忠容何
成幽曲姿归迤顾蕤悲苦我章徽恨微元悼叹戚知沙驰亏离仪赀辞房秦
王怀土眷旧乡身加兼愁悴少精神遐幽旷远离凤麟龙昭德怀圣皇人商
游桑鸠扬仇伤荣身我乎集殃愆辜何因备尝苦辛当神飞文遗分归贱弦
西翳双激好摧君深日润浸愆思罪积怨其根难寻所明轻殊孤乖鹰为激
阶阴巢水悲容仁均物品育施生天地德贵平均匀专通身粲姿殊翔女楚
步林燕情思发离滨汉之步飘飘离微隔乔木谁阴一感寄饬散声应有流
东桃飞泉君叹殊心改者感昵亲闻远离殊我同衾志精浮光离哀伤柔清
廓休翔流长愁方禽伯在诚故遗旧废故君子惟新贞微云辉群悲春刚琴
芳兰凋茂熙阳春墙面殊意感故新霜冰齐洁志清纯望谁思想怀所亲

　　四围纵横,初行、八行、十五、二十二、二十九行。及仁嗟斜至春
亲,琴廊斜至基津,以朱画,其形如织。按读法,此色凡三图,余四色,
色各一图,共诗三千七百五十二首。四隅嗟情至英多,游桑至长愁,
神飞至悲春,凶慈至持从,纵横皆六字,以墨画。正面妃围至蕤悲,移
陂至赀辞,纵六字,横十三字,两旁庭闱至防萌,身我至惟新,纵十三
字,横六字,以青画。中方正面龙旗至丽充,衷情至慕世,纵四字,横
五字,两旁寒岁至行士,诗风至微元,纵五字,横四字,以紫画。中方
四隅,思情至侧梦,婴漫至若我,愆居至贱鄙,怀悲至戚知,纵横皆四
字,又中纵合五字,诗情至显怨,端此至丽辞,横各五字,诗始至无端,
怨义至理辞,空中心璇玑图,始平苏氏,以黄画。

　　古廉李祭酒时勉叙曰:"扶风窦滔妻,陈留令武功苏道贤第三女
也,年十六,适滔。滔为苻坚秦州刺史,有能名,后以事忤坚,谪戍敦
煌。及坚取晋襄阳,择守,复起滔,拜安南将军,镇襄阳。始滔有宠姬
赵阳台,善歌舞,置于他所。苏氏侦知之,求而加捶楚焉,滔颇恨之。
阳台又媒蘖苏氏短而谗诸滔,由是情好日疏。暨滔赴襄阳,邀苏氏与
俱,忿不肯从。遂携阳台以往,绝苏氏,不复与通音问者久之。苏氏

悔恨不得以伸其思，乃织锦为回文，遣家僮遍鬻之，期至滔所，欲以感动其意。滔览之，不释手者数日，乃得探其忧郁之情而悲伤之，遂逐阳台之关中，具车从迎苏氏至襄阳，恩爱益笃于初。吾友黄君卓持此图以示余，余感夫世之惑谗邪以害正、被谤以自屈者，曾不如苏氏之善讽、滔之能悟，而由其正也，特为赋诗云。苏氏，名蕙，字若兰。滔，字连波，右将军于真之孙、朗之子也。今观此诗，三言似急就，四言似千文，五七言似古选。首言娥英以比嫡妾，中及飞燕以比阳台，出入经史，反覆成文。《事林广记》所载末云'愿放儿夫及早还'者，其赝可知矣。"

卷第八

名 公 诗 谶

琼州定安县,南有五指山,即黎母山,琼崖之望也。少保丘文庄公濬少时咏之,为人所传诵。诗曰:"五峰如指翠相连,撑起炎州半壁天。夜盥银河摘星斗,朝探碧落弄云烟。雨余玉笋空中见,月出明珠掌上悬。岂是巨灵伸一臂,遥从海外数中原。"识者知其异日必贵,后竟如言。又闻夏忠靖公原吉少年极颖敏,或指屋上兽头使赋之,公即口占曰:"非龙非虎亦非罴,头角皆因造化为。不向草茅夸气象,却于廊庙著威仪。昂昂饱历冰霜苦,默默长承雨露滋。寄语飞飞诸燕雀,好来相近莫相疑。"论者以为居显位而不免昵小人,此其验也。诗言志者也,二公之志,见于诗矣,则其应验,固理之自然者。世谓诗有谶,不可苟作,岂此类之谓乎? 偶与客谈及此,有举高季迪启所题《笔峰诗》者:"云来浓似墨,雁去还成字。千载只书空,山灵怨何事?"季迪辞侍郎不拜,家居;忽罹党祸,腰斩,亦其谶也。

仝寅王泰卜筮

仝寅,字景明,山西安邑人,少瞽而性聪警,乃学京房《易占》,断多奇中。正统间,父清,游云中,挟寅与俱。三边吏士有问身休戚、及军利钝成败,必就寅决之,由是名闻四方。己巳秋,虏酋也先大入边,英庙北狩,阴遣使命镇守太监裴当问寅。寅筮得乾之初九附,奏曰:"大吉,可以贺矣。龙,君象也,四初之应也。龙潜跃必以秋,应以壬午,涉岁而更。龙,变化之物也,庚者,更也。庚午中秋,车驾其还乎? 还则必幽,勿用故也。或跃应焉,或之者疑之也,后七八年必复辟。午,火德之王也,丁者,壬之合也。其岁丁丑月壬寅日壬午乎? 自今岁数更九跃,则必飞。九者,乾之用也;南面,子冲午也,其君位乎?故曰大吉。"英庙心识之。时忠国公石亨以参将守云中,贤寅,引为上客,动必咨之。暨景帝即位,庬益炽,召亨还总京营。亨以清有干略荐以自辅,寅因侍行至京。时也先复入寇,京师戒严,召寅问休咎。寅筮之,曰:"无能为也。且彼气已骄,战之必克。"庬果败去。庚午,也先欲奉英庙北还。时率以为诈,独武宁伯朱谦上书恳请,朝廷持不敢发,寅力言于亨曰:"庬人顺天举义,我中国反失迎奉之礼,独不为夷狄笑乎?"亨遂与少保于谦协议遣使,庬果奉乘舆来归,实庚午八月也。英庙以太上皇居南宫,锦衣指挥卢忠上变,外议汹汹。忠一日屏人请筮,寅以大义叱之曰:"是兆大凶,死不足赎。"忠惧而佯狂为风状,两宫乃安。忠后伏诛如寅言。景帝弗豫,中外以储嗣未定为忧。寅言于亨曰:"公国柱石,当委身致命,以安宗社。今危疑之际,不早定大计,祸且不测。"亨意遂决。英庙复辟,将官寅。寅固辞,乃命工范金,铸"阴阳神灵"四字,为筮钱十八文,又制象牙盒贮之以赐。又赐鱼牙金酒杯一、白金彩币若干。会清以指挥佥事出莅徐州,上曰:"仝寅得无偕往乎?其授锦衣卫百户,在京居住。"寅后固辞,不允。见亨宠位已极,每筮,以持满之道反覆戒之,弗纳,卒及于祸。寅年近九十,卒。又有王泰者,小名驴儿,济宁卫人,双目瞽,其一稍通明,赋性灵异。尝遇一老妪,授以《阴阳》一篇。居数日,妪乃去。或曰:"妪,老狐精也。"泰卖卜,由是屡发屡中,人以为神。都御史马昂尝微服访泰,泰愕然谓曰:"是何大贵人也!"刻期某月日必升兵部尚书,果然。漕运佥都御史王竑入觐,就问,泰曰:"此去必升,三年必有大祸,然亦有大名。"至京,果升左副都御史,是岁甲戌也。丁丑为石亨所害,除名为民。复问之,泰又曰:"公至某日,当有诏命,仍旧官,巡抚西北。"及期,果如所言。指挥卢彬金带自束复开者三,泰曰:"今夕有锋刃之祸。"是夕,彬入舍人王鸾家,为鸾所杀。其神妙如此,二人者可以备艺术传矣。

唐试进士排律

　　唐试进士五言排律,例缀用六韵。天宝十年,钱起及第,赋《湘灵鼓瑟》是也。诗曰："善鼓云和瑟，常闻帝子灵。冯夷空自舞，楚客不堪听。逸韵谐金石，清音入杳冥。苍梧来怨慕，白芷动芳馨。流水传湘浦，悲风过洞庭。曲终人不见，江上数峰青。"可谓绝妙矣。世犹以两"不"字少之。尝有编录试诗，自为一编以传者，然而无闻焉。莫宣卿者，开建人，唐大中间进士第一。今县之金缕村有"宣卿读书堂"及"片玉亭"，水环之，流韵清响，父老呼为"龙吟水"，然其言行爵位无传焉。尝得其诗于《唐诗品汇》，题曰《百官乘月早朝听残漏》，疑省试所作也。诗曰："建礼俨朝冠，重门耿夜阑。碧空蟾魄度，清禁漏声残。候晓车舆合，凌霜剑佩寒。星河犹皎皎，银箭尚珊珊。杳霭祥光起，霏微瑞气攒。忻逢圣明代，长愿接鹓鸾。"吾广状元及第，实自宣卿始。

宋 赐 进 士 诗

宋制：进士先进诗谢恩，上有赐诗，复和之以进。度宗咸淳辛未，吾乡状元张镇孙《谢恩》诗云："当宁宵衣务得贤，草茅何足副详延。天人要语垂清问，仁敬陈言上奏篇。愧乏谋猷裨乙览，忽惊姓字首胪传。乾坤大德知难报，誓秉孤忠铁石坚。"《御赐状元以下》诗云："临轩再策匪虚文，要语诒谋敢弗遵。昭格天心惟至敬，封培邦本在深仁。详延喜见洋洋对，来誉知为蹇蹇臣。始进便当思远到，会须华国有儒珍。"镇孙和上云："圣主游心六艺文，先皇成宪日常遵。天人亲屈九重问，岭海同归一视仁。已忝胪传魁众俊，复叨燕衎逮微臣。终身只佩丁宁训，远到功名愿自珍。"当时所以贵士者至矣，今刻石广郡学中。

夜 见 前 身

大宗伯周文安公洪谟中乡贡日，舟泊邗江。夜见一异人，谓曰："吾即子之前身也。前程万里，终身清要。"公曰："子何人？"对曰："吾友鹤山人也。丁其姓，家维扬。"及公官南京翰林，以诗讯维扬太守三原王侯恕曰："生死轮回事杳冥，前身幻出鹤仙灵。当年一觉扬州梦，

华表归来又姓丁。"侯得诗甚讶,集郡之耆老询之。罗文节曰:"友鹤
山人,吾友丁宗启之父,以诗名家。元末隐处。至建文元年,没于成
都。以儒雅重于藩王,有德人也。"侯即以此复公,世以为异,如羊祜、
房琯之事云。然予窃疑之。公,嗜学人也,精神恍惚,人或附会之耳。
前此大宗伯毗陵胡忠安公濙,生而发白,善啼,有僧至门谓曰:"此吾师
天池高僧后身也。示寂时,言当生公家,以一笑为验。"果如言易啼为
笑。近时进士太原王德华琼,幼年能读番经,恍然悟前身为西僧。予
窃以为此皆豪俊之士,自诧神灵,以欺人耳,安足信哉?

河　套　墩　台

　　黄河套周回六七千里,土肥饶可耕桑,三面阻河,切近陕西榆林
堡。东至山西偏头关,西至宁夏镇,东西二千余里。南至边城,北至
黄河,远者八九百里、近者二三百里,惟黄甫川稍近。逾河,则唐三受
降城。又东,则旧东胜址也。国初,虏遁黄河之外。正统初,始渡河
来犯近边。镇守都督王桢始筑榆林堡城,仍设法御之。往北二三十
里之外,沙漠平地,则筑瞭望墩台,虏窥境,即举烟示警。往南二三十
里之外,则埋军民种田界石,多于硬土山沟立焉。界石外,开创榆林
一带营堡,累增至二十四所,岁调延安、绥德、庆阳三卫官军分戍,而
河南、陕西客兵助之,列营积粮,以遏寇路。景泰初,虏犯延庆,不敢
深入。天顺中,阿罗出掠我边人以为乡道,遂知河套所在。入居其
中,以伺机变,不时出没,然犹不敢径犯人家。自是,虏顾居内,散漫
潜住,而我列屯反在其外矣。成化初,边人被掠日多,于是毛里孩纠
众深入,攻围墩台,而孛罗忽继之。秋冬则举众为寇,春夏则潜退河
套,远近军民,大被抢掠。阿罗出复勾引满都鲁乩加思兰,聚众益为
边患。朝廷添调京营及大同、宣府、宁夏、甘凉、陕西护卫军马数万,
颁给银两,起倩陕西、山西、河南军民,或撅运、或借拨、或籴买、或预
征、或开中、或采打,多方整理粮料草束,军民困苦,不可胜言。复恐
财力费耗,致生他变,止留大同、宣府、山西、宁夏客兵,及两班军马各
一万二千五百员名,相机战守。议者尝请于榆林堡立卫,犹未成也。

都御史余公子俊始请以先年陕西清出远年不明军籍、及有罪责戍南土者之子孙,免其远戍,就近编伍以实之。凡墩台,每座基各阔三丈、高三丈,对角悬楼二座,长阔各六尺,空内挑壕堑阔一丈五尺、深一丈。依界石一带,随其山势弯曲,铲削如城,高二丈五尺。川口去处,两傍俱筑大墩,拨军防守。虏既出套,乃东起清水营之紫城寨、西至宁夏之花马池,延蔓几二千里,每二三里间为对角敌台崖寨,连比不绝。于其空处筑边墙者二,横一斜一,如新月状,以侦敌、避射。凡为堡十二,崖寨八百十九,小墩七十八,大墩十五,凡两月而功成。然宁夏东路自花马池往西,为黄河东岸平山墩,西路则为黄河西岸黑山营,相距一百九十余里,乃河套要害,停歇功筑,盖有待也。且又拓其城,比旧加广。凡军中器用,率范铜铁为之。又奏立卫学,以教军中子弟。榆林俗不艺圃,乃求种教植,自是蔬果与内地等。又于界石外开地以为屯田,给军民耕种,得粮十数万石,以助经费。自是榆林为重镇,与宁夏、甘肃鼎立为三矣。入套之路,多由黄甫川南焦家坪,以两岸夹山,冰先合后泮。此外,则娘娘滩及羊圈子渡口,冬月冰坚,随其所择。而官军驻扎,多在神木堡或高家堡,莫能测也。成化十五年,满都鲁乩加思兰死,其子僭称小王子,弟亦思马因僭称太师,播迁宣大边外,使有勇知之将,一鼓禽焉,遍搜匿套者,彼将喙息不暇。于是招募勇士,筑城屯种,套中虏患,或可除矣。

车 战 器 械

成化甲辰七月,余公子俊为总督尚书,上言边务曰:"自古命将出师,诛暴禁乱。见可而进,知难而退。进退之间,非车不可。成周之世,如临冲之伐崇墉,檀车之战牧野,罪人斯得,明效足征。迨至后世,如武刚车之走匈奴,偏厢车之平突厥,亦皆效其遗意,未尝不成战功。仰惟我朝制兵之法,超越前古,凡有征伐,所向无前。但承平已久。正统十四年,京师戒严;成化十九年,大同失利,振扬威武,正在此时。追忆天顺年间,臣守西安,曾办车料,送至宁夏,成造兵车,用无不利,至今赖之。臣今奉命以来,熟看大同地方,山川平旷,宣府地方,一半相等门庭。寇至，车战为宜。臣等议得为军之计，大率以万人为一军，战车五百余辆，用步军十人驾拽。行则继以为阵，止则横以为营。营车空阙去处，以鹿角柞补塞。凡战士器械，不劳马驮，干粮不烦自赍。别处伏兵，亦以鹿角柞如车营，自卫以俟。若使虏贼合众对垒，彼用弓矢，止有百步技能，我用枪炮，动有三四百步威势。如相持过久，彼将分散抢掠，我则随处起其伏兵，或首遏其骄横，或尾击其惰归。前项车营，取便策应，运无足之城，策不饲之马，此亿万年守边简易之法也。乃具图本。"其一，《下兵车营图》。周围用车五百辆，每辆辕长一丈二尺。拽车者每辆十人，鹿角柞五百副，肩柞者每副一人，俱步军。共用五千五百人之上。车外壕阔深各一丈，营内可容马队官军一万五千人之上，可御虏贼万余。其二，《抬兵车营图》。周围外层用兵车五百辆，拽车者每辆十人；里层用鹿角柞五百副，肩柞者每副一人，俱步军。营内可容马队并官军一万五千之上，可御虏贼万余。其三，《抬鹿角柞营图》。周围用鹿角柞五百副，每副长五尺，用铁打箍头，钩环联络。每副肩柞马军一人，共用五百名之上。营内可容马队官军四五千人之上，可御虏贼千余人。其四，《下桩绳营图》。周围用桩绳五十副，每副桩十二根、绳十条，长五丈、阔一丈。桩绳外，壕深阔各一丈。营内可容马队官军二三千之上，可御虏贼二三百余。其五，《抬桩绳营图》。周围用桩绳五十副，每副桩十二根、绳十条，长五丈、阔一丈，步军一十二人持之，共用六百人。内可容马队官军二三千之上，可御虏贼二三百余。凡器械，神枪以竹为翎，神炮以木为矢、以铁为镞，俱可致三四百步。每步队十人，驾拽战车一辆，辆用绳二条，圆牌二，旗一，炮四，车箱内安其三，虎尾上安其一。火桶二，各藏火箭十枝。炮上用狼头送子、马子圆石子，并一窠蜂铁弹、碎石子，包定火药。每马队则圆牌五，神枪五，炮二，鹿角柞连绳铁锹及镢各二，斧及剪锥各一，其锣锅、皮浑脱、火镰、火药，与步队同。此中国之长技也。予得其详，赋二诗以志喜，曰："灵夏城边沙草春，贺兰山下少闲人。神枪火炮兼天起，河套年年靖虏尘。""车骑连云炮震雷，边墙如月接墩台。娘娘滩上河冰合，不见胡儿牧马来。"於戏！若余公，亦可谓壮猷者矣。

西　番　遏　狄

　　天顺八年春二月,甘肃总兵官宣城伯卫原正泾、巡抚佥都御史吴舆璧琛,奉诏率师往平西番。二公将中军,与其偏裨分五路以进。甘、凉、兰、巩、山丹、庄浪等卫所军,在行者三万五千人追讨至骆驼山、写尔冲、杀唐川,俘斩其酋及部属万余,得其杂畜十余万。夫西番,古之氐羌、唐之吐蕃也。其地西至于四川,西北至于云南,西南至于陕西,《汉书》所谓南滨析支至于河首者也,尤切近甘肃,常为北虏右臂,更互伸缩,以抗中夏。元得其地,尝郡县之,设官分职,以吐蕃僧八思巴为大宝法王大元帝师,领其人民。我朝洪武六年,因其故俗,以摄帝师喃加巴藏卜为炽盛佛宝国师,分设乌思藏、朵甘卫二都指挥使司。自指挥、宣慰、招讨等司,及万户府、千户所,凡三十三处,以官其酋长。后分封为大宝、大乘、赞化、阐化、阐教、辅教等六王,皆僧也。既髡首黄衣而僭尊制,又假寂灭虚幻之术,为猖狂背叛之计,至于入掠庄浪,敢拒王师。至是始珍服,贡献如常矣。东井陈先生宣之政为云南宪副,尝见西番僧至滇,遇旱,能入海擒龙,归钵中,以剑拟之,辄雷电而雨。足履衢石,深入数寸,既去,则鞋迹存焉。咒六畜,生者辄死,复咒之,则死者再生。此元人所以尊信,加帝师号,至于皇天之下,一人之上,盖慑其邪术故也。《书》曰:“三危既宅,三苗不叙。”以南蛮蔽西戎,今肃州地也。又曰:“织皮昆仑、析支、渠搜,西戎即叙。”今西番西南至甘肃,有昆仑山存焉。析支,即今西番,有析支水存焉。渠搜,即河套,东南有渠搜县故城存焉。三国皆以织皮为贡。“即叙”云者,以次相联,使屏蔽北狄也。三代因唐虞故迹,薄伐西戎,而狁犷玁襄矣。议者谓,西番今既贡献,而大边城东自延绥黄甫川,西至宁夏红山堡,岂无即叙之地乎?或于偏头关外娘娘庙,或于宁夏镇外贺兰山,使西宁卫官军控领大宝法王等部落,往遏北虏出没之路。或径住河套,彼惑其妖幻,必不敢肆,亦制狄之大机也。南蛮有叛者,讨平之后,亦必分北以杂西戎,如鞑靼来降、迁于南土之法。谚曰:“以夷治夷,用贼杀贼。”我文皇帝崇礼西番尚师,遍为建寺,盖有意于此,惜乎当时无以唐、虞故迹告之也。

四 代 通 礼

永新刘文安公定之与李学士克述绍,同升庶子,刘学士宣化佴戏谓文安曰:"先生真庶子也。"盖公本庶出,遂默然无以应。初,其父石潭先生髦,将纳其母侧室,或谓不宜同姓,不从。及公请封,乃改为留氏,乡人尝讦之。今观《丙辰进士登科录》所书,生母实刘氏也。其后将立祠堂,故为异制,以讳乃翁之失。见诸《呆斋存稿》。中有家书云:"奉先之礼,古来儒者未必皆同,今亦岂能尽依朱子。欲作祠堂之时,整齐同作一大龛,龛中悬一轴,轴上书云:'本宗刘氏门中三代考姚五服亲疏神魂席。'"公号名儒,而其父亦敦古道者,其失欲盖而弥章如此。礼贵谨始,可不鉴哉?今按,唐制,大夫三庙:曾祖西第一室,祖、祢以次而东,考诸韩文可见矣。子初疑庙主之升祧,取日出没之义。然《朱子大全》则谓席南乡、北乡,以西方为上,是或一道也。士夫祭四代,实自《朱子家礼》始。国初,用行唐知县胡秉中言,许庶人祭三代:曾祖居中,祖左、祢右。士大夫祭四代,当从时制,高、曾居中,祖左、祢右可也。公不从朱子,而国朝礼制亦不之考,谓之何哉?

始 终 清 操

钱塘王文进琦乡贡,试礼部乙榜,授泗州学正,擢监察御史,以学行老成称。升山东按察金事,提督学校,士风为丕变。改四川,不乐行,乞致仕,年才五十,归。以清介自将,在公门无私谒,平生不治生产,居闲陶如也。值岁大祲,无以朝夕。冬且暮,大雪,日僵卧不能出门户。有馈者,非有故旧,拒不受;即故旧至,亦却之。有唁者,曰:"当路甚重公,举一言,何所不济?乃自苦如此。"琦曰:"吾求无愧于心耳。心无所愧,虽饥且寒,无不乐也,何唁之有?"竟以饥寒卒。杭守胡濬闻而吊之,告于藩臬,祠诸杭学乡贤云。

棠花表节

封丘庠生彭仪妻吴氏，丧夫时，年甚少，亟欲以死殉，顾姑老子幼，乃止。不三载，姑亡子殁，其母受巨室厚聘，欲改嫁之。吴怒曰："吾闻之，夫失节事极大，异日何面目见夫邪？"即更衣沐浴，潜至夫墓侧，大哭，两手扒土深尺，欲入墓，不得，哭益痛。至夜分，泪竭血继，衣渍尽赤，自缢棠树下死。远近闻之，往视，其面如生，见者莫不洒泣。乡人共率钱买棺，与夫同穴。是岁仲冬，所缢棠树生花殊盛，虽罹风雪不陨，盖贞烈所感也。成化初，事闻，旌表。予尝赋一绝云："夫君一逝恨无涯，直入泉台作一家。岁岁雪霜雕不得，至今英爽在棠花。"自愧菲词，未能揄扬其烈也。

贞燕烈鸳

元元贞二年，双燕巢于燕人柳汤佐之宅。一夕，家人举灯照蝎，其雄惊坠，猫食之。雌彷徨悲鸣不已，朝夕守巢，哺诸雏，成翼而去。明年，雌独来，复巢其处。人视巢，生二卵，疑其更偶，徐伺之，则抱独之壳尔。自是春去秋来，凡六稔，观者哗然，目为贞燕。成化六年十月，淮安盐城大踪湖渔人见鸳鸯交飞，获其雄，烹之。雌恋恋飞鸣，竟投沸汤中而死。渔人悲其意，为弃羹不食。余称之曰"烈鸳"。禽鸟微物，乃能如此，彼梁冀尚在，而孙寿私姣于秦宫，夫君已亡，而息妫偷生于楚国，何以为人哉！因赋二诗，以愧不如鸟者。《贞燕谣》曰："贞燕贞燕，影皇皇，尾涎涎。去年雄共栖，今年雄不见。深沉帘幕花随风，空梁独宿思故雄。何人并卧氍毹月，罗袂鸳篦花影中。"《烈鸳谣》曰："烈鸳可悲，雄已死，雌依依。宁同镬中烹，不向湖上飞。生来相随不相舍，如今奋翅同所归。何事楚宫娇不语，露桃脉脉东风里。"

木工食一品俸

蒯祥者,苏州人。永乐中,父福能主大营缮,为木工首,以老告退,祥代之。丁酉,扈从至北京。凡宫殿庙社,皆所从事。正统中,重作三殿及文武诸司,效劳尤多。天顺末,奉玺书作裕陵。成化间,委任尤专,自工部营缮所丞进所副,遂陟工部营缮司主事员外郎,历擢太仆少卿,遂为工部右侍郎,转左侍郎,其禄累加至从一品。成化辛丑三月,卒,年八十四。尝赠及祖父母、父母,其子为锦衣千户,又荫为国子生。其禄寿,盖为木工者所罕见也。

三　十　六　宫

邵子诗曰:"耳目聪明男子身,洪钧赋予不为贫。须探月窟方知物,未蹑天根岂识人。乾遇巽时为月窟,地逢雷处见天根。天根月窟闲来往,三十六宫都是春。"释者谓《汉·天文志》曰:"氐为天根。"扬雄赋曰:"西极月窟。"是天根在卯,月窟在酉也。然先天六十四卦图,以乾遇巽为姤,姤当夏至。地逢雷为复,当冬至。是月窟自午而后著于酉,天根自子而后著于卯,所谓理极微者是也。植物体冷而气在外,根在下而亲地,自一阴始,故探月窟而知物。动物体热而气在内,首在上而亲天,故蹑天根而识人。乾三画对坤六画为九,兑四画对艮五画为九,离、巽俱四画对坎、震俱五画各为九,四九三十六。又乾一对坤八,兑二对艮七,离三对坎六,震四对巽五,亦三十六。皇极之学,以不用为用。天有四时,而冬不用,子中其所处也。处子中,则阳自卯而开物以往,阴自西而闭物以来,是间来往也。由是,八卦阴阳,消长无穷,故谓都是春也。然复、姤本六十四卦,以八卦言,殊讶其不类。今考《朱子语类》,谓易反对者屯、蒙之类,凡二十八卦。并不反对者,《乾》、《坤》、《坎》、《离》、《颐》、《大小过》、《中孚》八卦,为三十六宫。盖一阴一阳,往来而成先天一元之气也。邵子之学,可谓奇而隐矣,当时犹不能知,况后世邪?

缘 木 求 鱼

鲵鱼出峡中,如鲇,四足,长尾,能上树。天旱,辄含水上山,茹草叶覆身,张口,俟鸟来饮水,因吸食之,声如小儿。将食,先缚之树,鞭之,出汁如白汗,乃无毒。魶鱼出四川雅州荣经水及西山溪谷,似鲵,有足,亦能缘木,声如儿啼,蜀人食之。孟子谓"缘木求鱼",理所必无也。然而物之不可穷者如此,天壤间亦何所不有邪?

尹 氏 八 士

《逸周书》曰:"王乃出图商,至于鲜原,召邵公奭、毕公高,王曰:'呜呼!敬之哉。无竞惟人,小人难保。后降惠于民,民罔不格,绵绵不绝,蔓蔓若何?毫末不掇,将成斧柯。'王乃励翼于尹氏八士,惟固允让,德降为则,振于四方,加用祷巫,神人允顺。"又曰:"王赫奋烈,八方咸发。约期于牧。案用师旅,商不足灭。分祷上下,尹氏八士,大师三公,咸作有绩,神无不飨。王克配天,合于四海,惟乃永宁。"由是言之,尹氏序于八士之上,盖周以典神天为重,尹氏,其祝者也。"及克殷,王入即位于社,太卒之左,群臣毕从。尹逸策曰:'殷末孙受,德迷先成汤之明,侮灭神祇不祀,昏暴商邑百姓,其彰显闻于昊天上帝。'周公再拜稽首,乃出。立王子武庚,命管叔相,乃命召公释箕子之囚,命毕公、卫叔出百姓之囚,乃命南宫仲忽振鹿台之财、巨桥之粟,乃命南宫伯达、史迭迁九鼎三巫。乃命闳夭封比干之墓,乃命宗祀崇宾飨祷之于军,乃班。"盖其所重在典神天,其罪纣亦以此。《诗》曰"天保定尔",又曰"百神尔主",此之谓也。史佚,即尹逸也。伯达、仲忽、与南宫括,即八士之三也,其后皆为周世臣。

祭 公 芮 伯

《逸周书》杂录有周之事,每段为一解,有似《书》者,有似《礼记》

者。然似《书》者，如《程典》、《商誓》、《皇门之诰》阙文尤多，岂孔子删余残剥至此邪？惟祭公之《顾命》、《芮诰》二篇，最为完整，今抄于此："王若曰：'祖祭公，次予小子，虔虔在位，昊天疾威，予多时溥愆。我闻祖不豫有加，予惟敬省，不吊，天降疾病，予畏之威，公其告予懿德。'祭公拜手稽首曰：'天子，谋父疾惟不瘳，朕身尚在兹，朕魂在于天。昭于王所勖，宅天命。'王曰：'呜呼！公，朕皇祖文王、烈祖武王，度下国，作陈周，惟皇皇上帝，度其心，置明德。付俾四方，用应受天命，敷文在下。我亦惟有若文祖周公暨列祖召公，兹申予小子追学于文武之蔑，克龛绍业，以将天命，用夷居大商之众。我亦惟有若祖祭公执和周国，保乂王家。'王曰：'公称丕显之德，以予小子，扬文武大勋，弘成康昭考之烈。'王曰：'公无困我哉！俾百僚乃心，率辅弼予一人。'祭公拜手稽首曰：'允乃诏，毕桓于黎民般。'公曰：'天子，谋父疾惟不瘳，敢告天子，皇天改大商之命，维文王受之，维武王大克之，咸茂厥功。维天贞文王之重用威，亦尚宽壮厥心，康受乂之，式用休。亦先王茂绥厥心，敬恭承之。惟武王申大命，戡厥敌。'公曰：'天子，自三公上下，辟于文武，文武之子孙，大开方封于下土。天之所锡武王时疆土，丕惟周之肇基，自后稷之受命，是永宅之。惟我后嗣，旁建宗子，丕惟周之始并。呜呼！天子监于夏商之既败，丕则无遗后艰，至于万亿年，守序终之。丕乃有利于宗，丕惟文武由之。'公曰：'呜呼！天子，由我丕则寅哉寅哉。汝无以戾罪疾，丧时二王天功。汝无以嬖御人疾庄后，汝无以小谋败大作，汝无以嬖御士疾大夫卿士，汝无以家相乱王室而莫恤其外。尚皆以时中乂万国。呜呼三公，汝念哉！汝无泯泯芬芬，厚颜忍丑，时惟大不吊哉？昔在先王，我亦惟丕以我辟险于难，不失于正，我亦克没我世。呜呼三公，予惟不起朕疾，汝其皇敬哉！兹皆保之。曰康子之攸保，勖教诲之，世祀无绝，不我周有常刑。'王拜手稽首诿言。""芮伯若曰：予小臣良夫，稽道谋诰。予惟民父母，致厥道，无远不服；无道，左右臣妾乃违。民归于德，德则民戴，否则民仇。兹言允效于前不远。商纣不道、夏桀之虐，肆我有家。呜呼！惟尔天子，嗣文武业。惟尔执政小子，同先王之臣，昏行罔顾，道王不若。专利作威，佐乱进祸，民将弗堪。治乱信乎其行,惟王暨尔执政小子攸闻。古人求多闻以监戒,不闻是惟弗知。后除民害,不惟民害,害民乃非后,惟其仇。后作类,后弗类,民不知后,惟其怨。民至亿兆,后一而已,寡不敌众,后其危哉! 呜呼!豢扰畜如之。今尔执政小子,惟以贪谀为事,不勤德以备难。下民胥怨,财力殚竭,手足靡措,弗堪戴上,不其乱而。以予小臣良夫,观天下有土之君,厥德不远,罔有代德。时为王之患,其惟国人。呜呼!惟尔执政朋友小子,其惟洗尔心,改尔行,克忧往愆,以保尔君。尔乃聩祸玩灾,遂弗悛,余未知王之所定,矧乃奠居。惟祸发于人之攸忽,忧重于人之攸轻。心不存焉,变之攸伏。尔执政小子,不图善,偷生苟安,爵以贿成。贤智箝口,小人鼓舌,逃害要利,并得厥求,惟曰哀哉! 我闻曰:以言取人,人饰其言;以行取人,人竭其行。饰言无庸,竭行有成。惟尔小子,饰言事王,实蓄有徒。王貌受之,终弗获用。面相诬蒙,及尔颠覆。尔自谓有余,予谓尔弗足。敬思以德,备乃祸难。难至而悔,悔将安及? 无曰予訛,惟尔之祸。"按,谋父,祭公名也;良夫,芮伯名也。《礼记·缁衣》引叶公之顾命语,与此同,特误以"祭"为"叶"耳。此可见西汉以前已行于世、不待晋发汲冢而后出也明矣。

襄邸朝礼

诸王自谷府变后,鲜朝久矣。天顺初,晋王请朝,诏止之。先是土木之变,襄宪王瞻墡两疏慰安圣烈慈寿皇太后,乞命皇太子居摄天位,急发府库,募敢勇之士,务图迎复,仍乞训谕郕王,尽心辅政。章上,时景泰立已八日矣。至是,得诸宫中,睿皇览之感叹,敕取入朝,王遂戴星而驾。故事,当祭禁门而入。自迁都北京,来朝礼绝,适宗伯胡忠安濙致仕去,莫有知者。侍郎邹幹掌部,检太常典故行之。初,景泰不豫,群臣愿复睿皇。惟内阁王文与太监王诚欲立襄世子,陈循辈知之。已而景泰疾亟,太监兴安讽群臣,请复茂陵于东宫,金以为宜。王文独曰:"虽请之,知其欲谁立乎?"学士萧镃曰:"既退矣,不可再也。"故奏辞以请择元良为言,奏上,不允。人竞传王文、于谦已遣

人赍金牌、敕符往襄府矣。副都御史徐有贞及武清侯石亨、都督张
轨、张锐,鸿胪卿杨善等,共谋复辟。太监曹吉祥、蒋冕辈白太后敕
焉。正月壬午黎明,亨、轨以甲士入于南城,毁门,迎睿皇复位。王
文、于谦皆以大逆弃市。始有贞犹豫,张轨、杨善曰:"不杀谦等,今日
何名?"遂决。或谓文与王诚初谋,谦未必知,金牌敕符在太后阁中,
未尝出也。然睿皇陷虏时,也先以复驾为名径逼京师,谦使人谓之
曰:"中国有君矣,驾其毋复。"至大同,定襄伯郭登言亦如之。矧谦总
督军务时,行事自专,为亨等所恶。及驾复,上诰群臣有"丧师辱国、
有玷宗庙"等语,实出内阁代言。故谦、文怀疑不决,以至于此。然郭
登虽犯上怒,惟削爵安置甘肃而已。使谦等早决大计,亦未必诛也。
及襄邸来朝,上礼待甚隆。庚辰再朝,锡赉愈厚。其后世子竟嗣王
位,始终亲睦无间。然则迎立之谋,其实未发,益可知矣。谦等之死,
亨、轨实为之。上之盛德,曷尝少累哉?要之宪王疏语,实为至论。
惜谦、文、循辈,见不及此。

玉 堂 赏 花

文渊阁右植芍药,有台,相传宣庙幸阁时命工砌者。初植一本,
居中,澹红者是也。景泰初,增植二本:纯白,居左;深红,居右。旧
常有花,自增植后,未尝一开。天顺改元,徐有贞、许彬、薛瑄、李贤同
时入为学士,居中一本遂开四花,其一久而不落。既而三人皆去,惟
贤独留,人以为兆。明年暮春,忽各萌芽,左二,右三,中则甚多。而
彭时、吕原、林文、刘定之、李绍、倪谦、黄谏、钱溥相继同升学士,凡八
人。贤约开时共赏。首夏四日,盛开八花,贤遂设燕以赏之。时贤有
玉带之赐,诸学士各赐大红织衣,且赐宴,因名纯白者曰"玉带白",深
红者曰"宫锦红",澹红者曰"醉仙颜",惟谏以足疾不赴。明日复开一
花,众谓谏足以当之。贤赋诗十章,阁院宫寮咸和,汇成曰《玉堂赏花
诗集》,贤序其端,谓:"昔韩魏公在广陵时,是花出金带围四枝,公甚
喜,乃选客具乐以赏之,盖以人合花之数也。予今会客以赏花,初不
取合于花数,盖花自合人之数也。夫人合花数者,系于人;花合人数

者,系于天。系于人者,未免有意。系于天者,由乎自然。虽然魏公四人皆至宰相,岂独系于人哉? 盖亦合乎天数之自然矣。花歇于前而发于今,且当复辟之初,实气数复盛之兆。所关甚大,又非广陵比也。"然不久,诸学士中有从戎谪官者,事见《水东日记》,而不悉其详,故识之。

马 恭 襄 殊 锡

马恭襄公景高昂,河间之沧州人,仪表俊伟,声音洪亮,然无学术,累官兵部尚书。时宦者曹吉祥窃柄,昂附之。其嗣子钦冒夺门功,封昭武伯,骄恣狂狠,为众所恶。昂特荐钦得管大营,寻掌前府禁兵。天顺辛巳秋,虏酋孛来寇迤西。上命怀宁伯孙镗帅师御之,而以昂总督军务。吉祥自石亨诛后,久蓄异图。时以七月二日出师,钦遂约其兄都督铎、从兄都督镛、弟都指挥铉,谋入宫行逆,约吉祥为内应,并结辇官都督伯颜也先等数十人作乱。是日,都指挥完者秃亮诣长安门告变。夜二鼓,宫中闻变,诏侍直中官执吉祥以俟天曙。四鼓,钦举番汉兵犯阙,挝杀锦衣指挥逯杲,击内阁学士李贤,伤首,并执吏部尚书王翱于东朝房。铎率数骑往西,杀左都御史寇深,斫伤广宁侯刘安,焚东西皇城门及东华门,朝臣溃散。比晓,王师始集,诏会昌侯孙继宗将之,镗督诸军先登,恭顺侯吴瑾及诸将分道逆击,昂以精兵殿之。自辰至午,镛败死,瑾为钦所杀。相拒至西,斩铉、铎。于是钦入其家,溺井中。伯颜也先等缒城以遁,追获之。是晚,上出御午门,吉祥等下御史狱,伏诛。籍其家,以赏将士。论功加继宗太保,镗进封侯,昂太子少保,仍掌兵部。自是,上宠待特厚,赐金玉束带、绣金麟服,其余银币、玩器、书画、禽鸟、时鲜之赉,岁无虚日。衣有号"撒哈剌"者,虽勋戚不可得,上以赐昂,可谓殊锡也已。初,昂以乡贡入太学,选授鸿胪序班。正统丁巳,荐授御史,巡按有声。癸亥,行在刑部,禁囚劫狱而逸,尚书以下咸禁锢,迹捕,超升昂右侍郎。后以副都参赞甘肃,连旨,致仕。景泰甲戌,起督两广,累功至左都。天顺丁丑,被论致仕,及入见,复留巡边,还理院事,遂柄本兵。至是,有功,得掩其荐钦之罪，而复留掌部。两踬复起，辄有奇逢若此。人谓昂相貌有福云。

万 祺 禄 命

程子曰："三命，律也；五星，历也。特人小用之耳。"予按，"三命"以太岁为主，自天干、地支、纳音三者，取用禄马、贵人、羊刃、劫煞之类，而审五行刑合生克。"五星"以身命为主，审生时所值七政四余、迟速、合伏、向背、空实，皆可断吉凶、辨贵贱。世传珞琭《虚中沙涤》、《斠斯琴堂》诸书，至元人徐子平始专日主，增人元，取用益阔，而置纳音不论矣。南昌万尚书祺少遇异人，相之曰："有仙骨，否亦极贵。"因留一书与之，乃《禄命法》也。于是精研以卜公卿贵人，多奇中。景泰间，以吏办事吏部，神其术，拜鸿胪序班，进主簿。景帝召见，有言辄验，赐以白金彩币。及不豫，有议召襄藩者，石亨以问祺，祺曰："皇帝在南宫，奚事他求？刻期复辟。"与徐有贞仰观乾象合。已而，英庙复位，召见文华殿，即日擢验封主事。甫七日，进员外郎。无何，进郎中。石亨败，凡所引荐皆坐谪，人为祺危。祺自观《禄命》，谓无事。言者论及，上果留祺。曹钦反，执王忠肃、李文达，时祺在旁，钦问之，对曰："公勿负国，急宜以死上谢，则自求多福。"又徐谓曰："尊翁碑文非李公笔邪？公勿忘父。"钦俯首。其兄铎曰："万君言是也。"钦遂揖王、李二公退。事平，上召二公及祺，问遇贼始末，甚壮之，赐燕劳焉。寻升太常卿，累迁至工部尚书。吾乡顺德张御史叔亨_泰，尝会祺于易州厂。祺谓曰："公位至八座即休，当歇禄十年，且刻期当谢病归。"后果如其言。予亦喜玩此术，然求如祺之神奇，竟莫能也。

鹊 桥 仙

东莞方彦卿_俊，敏才博学，最善戏谑。作诗文，走笔立成，座中屈服。射诗钓韵用《辍耕录》，人鲜能之。又善意钱之戏，用九钱分三行，使人默识，第云在某行。自右末纬左，复自左上经右始，中如之，终则数曰："天人,天地,天天,地人,地地,地天,人人,人地,人天。"无不着者。又善拆字作谜,如"上不在上,下不在下,不可在上,且宜在下。"谓"一"字也。"木了又一口,非杏亦非呆。勿作杏字说,勿作困字猜。"谓"極"字也。自余尤多,每在宴席,人乐近之。天顺癸未,与予同会试,寓新安俞君玉家。正月六日,贺予县弧,邀往预赏花灯。擘糟蟹,荐酒,戏赠予词云:"草头八足,一团大腹,持螯笑向俞君玉。花灯预赏为先生,生日是新正初六。今宵过了,七人八穀,又七日天官赐福。福如东海寿南山,愿岁岁春杯盈绿。"借蟹寓予姓名,大笑曰:"子谓韵用日数何出?"予谢不知,则曰:"出《齐东野语》七夕以'八煞'为韵,子忘之乎?"即朗诵曰:"鸾舆初驾,牛车齐发,听隐隐鹊桥伊轧。尤云殢雨正欢浓,但只怕来朝初八。霞垂彩幔,月明银蜡,更馥郁香喷金鸭。年年此际一相逢,未审是甚时结煞。"且问优劣。予曰:"比方殊欠俊耳。"君玉亦诵其乡先生方秋崖《除夜小尽生日词》曰:"今朝廿九,明朝初一,怎欠秋崖个生日。客中情绪老天知,道这月不消三十。春盘缕翠,春缸摇碧,便泥做梅花消息。雪边试问是邪非?笑今夕不知何夕。"复问,予对如前。始觉予指其姓名大笑,浮白尽欢而罢。词盖《鹊桥仙》也。

草 马 骨 羊

云南越嶲故地之西,多荐草,产善马。始生若羔,岁中,纽莎縻,饮以米潘。七年可御,日驰数百里,世称越嶲骏。见《唐书》。西域人杀羊而食,埋其胫骨,举杵坚筑。久之,羔从胫骨而生,脐未断时,马傍踏振之,即跳跃而起。入馔,肥腴最美,其皮宜作书褥。见吴莱《渊颖集》。吾广温烰鸭卵辄出雏,或以东广火焙鸭,对西域骨种羊,予谓不如草马之尤奇也。

妖 僧 扇 乱

自中官崇尚释氏,为奸凶逋逃薮,妖书谶纬,惑民扇乱,正统间尤甚。罗浮有景泰禅师卓锡泉,宋唐庚作记可考也。少监阮能,镇守吾广,信妖僧德存,创寺于白云山半永泰泉上,指为"卓锡泉"。景帝改元,诏至,即称禅师出世,伪立寺额。遇圣节,辄为赛会,立天龙八部,统领村民,将欲谋逆,人不敢言。及能取回,德存就擒,祸变乃息。予计偕北上,过卢沟桥,闻赵才兴之事,大率类此。才兴,扶风人,为僧,创黑塔庵,自言知兵。武功右卫百户赵忠荐于朝,兵部送大同御虏,无功。乃与广通寺僧真海、道人谭福通,号三结义,化缘修桥,聚众立天龙八部,刻期称帝作乱。真海素与义勇后卫百户段旺母张氏通,媒其女妙果为才兴妻,立为后。方举兵,为官军缉获,伏诛,景泰二年四月也。已而天台山僧韦能谋乱,称真明帝主,亦建寺募众,与府军前卫军余王斌同逆。事觉,能就擒,斌得脱,祝发为僧,名悟真,结庵于褒城之胡城山,诱流民作乱,建置百官,称帝改元,立所淫女子王氏为后,攻掠傍近诸县,得数千人。为汉中府官军所擒。上命诛斌及同谋者,余皆充军,天顺元年四月也。气机乖戾,愚民从逆,如响斯应,可谓异矣。吴徵士与弼曰:"除去宦官、释氏,乃成世道。"韪哉言乎!

狱　囚　冤　报

予乡同年、丙子解首、梁金宪景熙昉,弱冠连第进士,令萧山,登朝为御史,明敏善法律,遇狱囚辄箠杀之。惟妾一子,夜见枷锁数囚相谓曰:"且侮弄渠孩儿何如?"子倐不见。明早,得诸街上人家。又数日,景熙无疾,忽见数囚近前扼其喉,大叫数声,暴卒。予闻永乐中刑部墨侍郎麟好折囚臂指,后患疮肿,臂指断落,乃死。人命关天,宜有冤报也。

椓　人　妻

宣德中,赐太监陈芜两夫人。天顺初,赐故太监吴诚妻两京第宅庄田。见《水东日记》诸书。予按,《高力士传》:"河间男子吕玄晤吏京师,女国姝,力士娶之。玄晤擢自刀笔吏,至少卿。"《李辅国传》:

"帝为娶元擢女为其妻,擢以故为梁州刺史。"《朱子语类》:"梁师成妻死,苏叔党、范温皆衰绖临哭。"由是观之,椓人有妻,古今所同也。京师人谓,此曹男性犹在,必须近女,岂其然乎?

卷第九

南 京 科 道

宪庙初政，昏枢尤张，在朝无敢公言者。彭教廷对策，引用接见贤士大夫之时，多截去下句是也。南京刑科给事中山阴王志默渊、金陵王尚文徽，气谊相得，乃率同官言五事："一曰览史书。谓古昔得失，载于前史。昔唐仇士良语同列曰：'人主慎勿使之读书，彼见前代兴亡，心知忧惧，则吾辈疏斥矣。'乞经筵兼讲《通鉴纲目》，无所隐讳，朝夕取为法戒。二曰开言路。谏官之言，有可采者，乞戒有司勿令废滞，权幸者不得假托以中伤之。三曰重大臣。选任府部卿寺、在外方面总兵，宜隆体貌，大罪不可宥，小过不可辱，庶人知自重而名器尊。四曰选良将。近年将领，多以私昵进，繇本兵者非其人。先黜尚书昂，择人以进退之，则将可得。五曰保全内臣。宜遵旧制，使无与国政。否则，如王振、曹吉祥，始虽爱之，及其败而罪之，非保全之道也。近有无耻大臣与之交结，或行扣头之礼，或有翁父之称，因而嘱托鬻狱卖官，擅作威福。事迹败露，治以重刑。今后内臣不许管军管匠、置立田宅。其家人义男，悉究其来历，发回原籍当差。仍严交结之禁，凡大小政事，悉断自宸衷，惟与馆阁大臣计议。则天下睹清明之政，而宦竖亦享悠久之福矣。保全之道，岂有加于此哉？"上嘉纳之。

先是，癸未七月，册吴氏为皇后，太监牛玉之力也。十月复下诏言："先帝临御之日，为朕简求贤淑，已定王氏，育于别宫以待期。不意内臣牛玉偏徇己私，朦胧奏请将已退吴氏册立。德不称位，不得已，请命母后，废黜吴氏，仍遵先帝成命，册立王氏为皇后。"然玉犹免死，惟谪南京。徽谂其故，谓渊曰："是可轻贳乎！"遂率同官上疏，请明刑罚，以正朝纲，监往事以防后患。数玉大不韪之罪四，乞置诸法。因指斥执政，奏入，群阉欲以危法中之。科道交章论救，俱调远州判官。

徽,普安州。渊,茂州。馀不能尽忆也。初,副都御史周铨掌南京院事,追憾董粮时诸御史劾其贪暴,数责之,置功过簿,诘旦而言,日晏不辍,如是者累日。十三道范霖、杨永等不平,乃合疏铨平日不法事,闻于朝,驿召铨诣狱,铨亦讦奏。既逮至,未白,而铨得心悸疾死。于是十三道或降、或谪,而霖、永以首建议,独得重罪。永瘐死狱中,会恤刑,霖得减死,出狱,数日卒,正统丁卯六月也。舆论咸谓二王之罚,视前为薄,宪庙之仁至矣。然自是言路风力,北不如南。时人谣曰:"南京科道如猛虎,九年考满升知府。北京科道如绵羊,九年考满升京堂。"实因二事而发云。

庄 定 山

庄定山先生孔昜昶,《记大梁书院》有云:"善观经书者观吾心之经书。郢人之运斤,九方皋之相马,取乎内而忘乎外也。神交默契于不言,而圆融浑合于真静。往年陈白沙过余,论及心学,余以是质之。盖先生之学在是,而世以为禅。但吾之所谓无者,未尝不有,而不离于有;禅之所谓无者,未尝有有,而实滞于无。禅与吾相似而不同矣。他日,白沙《赠李世卿序》亦云:'优游自足无外慕,嗒乎若忘。在身忘身,在事忘事,在家忘家,在天下忘天下。世卿未必能与我合。'其意正相符也。学士张东白元祯寄诗曰:'有着真无妙,无涵万有粗。溺无宁有有,泥有定无无。口噤痴前梦,身劳醉里扶。若为逢有道,细与究图书。'盖指此尔。"昶善为诗,《咏包节妇》云:"二十夫君弃妾身,诸郎痴小舅姑贫。已甘薄命同衰叶,不扫蛾眉别嫁人。化石未成犹有泪,舞鸾虽在不惊尘。锁窗独对东风树,岁岁花开他自春。"罗一峰伦见之曰:"可以泣鬼神矣。"昶不以为然,惟《乾坤鸢鱼》、《老眼脚头》之类,自谓为佳。如"枝间鸟共天机语,江上梅担太极行"诸句是也,时称"陈庄体"。先是,伦抗疏论李贤夺情起复,谪福建副提举。及成化丁亥十一月,内阁分题,令翰林诸公赋诗为上元赏玩。昶时为检讨,与编修章枫山懋、黄未轩仲昭同疏言:"去年以来,遣人造楮,国家旧制也。一闻大臣之言而遂寝。节令宴乐,每岁常例也,一因大臣之疏而遂罢。向因灾异，敕谕群臣，同加修省，陛下从善如流，改过不吝，禹、汤而后，未之有也。今日之举，或者两宫在上，欲极孝养，然大孝在乎养志，岂以烟火为乐哉？北虏毛里孩窥伺间隙，所当深虑；江西、湖广，一旱数千里，民不聊生；其他灾伤，处所尤多，未易悉举。宜将烟火之事亦皆禁止，不使接于耳目，而移此视听为文王之视民如伤，为大舜之闻善若决江河。省此冗费以活流离困苦之民，赏征伐劳役之士，则干戈息、灾异消、百姓富庶、四夷宾服。奉养两宫，其孝岂有大于此哉！"盖懋笔也。奏入，上怒，杖之，调懋及仲昭知县，昶、判官。未行，用给事中毛弘言，改懋及仲昭南京大理寺评事，昶、南京行人司副。未几，伦亦召还，时谓"翰林四谏"。昶后养病，复起为郎中，考察去官。白沙闻其有疏，谓无一分可说，不知此际静如何也？

追 复 位 号

天顺元年二月乙未朔，废景泰，仍为郕王，归西内，皇太后制谕也。戊戌命郕王所立皇太后吴氏仍号宣庙贤妃，皇后汪氏复为郕王妃，怀献太子见济为怀献世子，肃孝皇后杭氏及贵妃唐氏俱革其名号。钦天监奏革除其年号，上曰："朕心有所不忍，仍旧书之。"癸丑，郕王薨，葬祭礼如亲王，谥曰"戾"。唐氏等妃嫔俱赐红帛自尽以殉葬。成化初，追谥郕戾王为恭仁康定景皇帝。后汪妃薨，亦追谥景皇后。予按，建文之自焚也，祭葬以天子之礼，未尝被废。故驸马都尉梅殷军中发表缟素，谥为"孝愍"。然非上意也，例宜追复位号，一如景泰，其当轴者之责与？

林 玠 降 箕

侯官林廷珪玠，天顺壬午，年二十，领乡荐。至成化乙酉，弟廷玉瑭亦领荐，同赴会试。至鹅湖驿，玠得疾，瑭扶以归。甫及门，卒。其魂郁不散。家人每接之梦寐，仿佛闻其声迹，灵几间器物或自动。乃如紫姑神法，置箕，布灰于几，箕辄自举，遂令人扶之。箕运不休，就视,则皆诗文也。《别父母》有句云:"如今我已终天别,何计能酬寸草心。"《别兄弟》云:"鸿雁层云怜只影,池塘芳草忆残春。"《别妻》云:"寄言与尔无他说,节义冰霜不可虚。"《赋书楼极目》云:"清风摇动砚池云,飞鸿点破江山影。"《观莲》云:"呼童泛美酒,对此红芳倾。若人已仙去,此花空自馨。"作文赠序凡七十余首,家人次以成编,自名之曰《静庵遗玉》,序之有曰:"玉之体,虽藏于山,而其德自弗泯焉。"盖以自况也。初,箕动成文之时,亲友临者,毛发竦竖。久之,则答问如平生矣,如是年余乃已。瑭后为御史,提学南畿,语人如此。而其妻守志,果不虚冰霜之戒云。

伏 阙 泣 谏

伏阙泣谏,自唐、宋以来有之。成化四年六月,慈懿皇太后钱氏崩,宪庙嫡母也,诏大臣议葬所。众相视,莫敢先发。大学士彭时谓同朝曰:"梓宫当合葬裕陵,主当祔庙,无可议者。"即与礼部尚书姚夔定议,具疏,引汉文帝合葬吕后、宋仁宗合葬刘后故事,"乞念纲常之大,体先帝之心,必求至当。此莫大典礼,万一有违,在廷百辟将有言之,宗室亲王将有言之,天下万世亦将有言之,岂能保其终无据理改而从正者乎?"上犹重违母后之意,未允。时率群臣伏文华殿以请,号哭不起。上闻之使中官宣谕,使众官退翰林中。有呵中官使还者,众官皆曰:"死不敢奉诏,且不得命,不敢退。"时与学士商辂、刘定之进曰:"人心如此,实天理所在,望朝廷俯从。"于是中官入奏,上感动,母后亦悟,即传旨谕群臣曰:"卿等昨者会议大行慈懿皇太后合祔陵庙,固朕素志。但圣母疑事有相妨,未即俞允。朕心终不自安,再三据礼,所幸圣慈开喻,特赐允诺,卿等其如前议施行,勿有所疑,故谕。"众闻命,咸呼"万岁"而退。盖此事,非上曲全孝道,何以至此? 真盛德主也!

咏 竹 言 志

枣阳王良璧琰初领荐至京,与予谈论,辄相契合。自是,日相往来。及予授宫,追送至张家湾,然后返。成化乙未,第进士,授行人,擢御史,巡按苏、松有声。吴地号繁剧,遍询舆台,巨奸宿蠹,一剔而尽。平生清苦,人所不堪。卒之日,衾椁不备,合台助焉。尝题夏太常㫤墨竹赠予,曰:"幽人研玉露,写此青琅玕。清标正相似,翛然同岁寒。"盖言志也。㫤,本名昶,字仲昭,东吴人。登进士时,冒姓朱,后复其姓,以善书征入翰林。文皇以所书为第一,顾见其名,谓曰:"太阳丽天,照临万国,日宜书在永上。"㫤顿首受命。士夫以为荣,一时同名者皆改焉。国朝画竹,自毗陵王中舍孟端级后,惟㫤精绝。

建 州 女 直

女直,金之后也,洪武初降附。永乐中,设奴儿于都司,统建州等卫所二百有四,世受官赏,为不侵不叛之臣。初,建州、海西、兀者等卫夷人,先居斡木河,与七姓野人有仇,投奔朝鲜。复为所戕,乃复归附朝廷,处之辽阳迤东苏子河一带,递年往来朝贡。成化丙戌,背义,抢掠人畜数万。天威震怒,将元恶董山等二百五十余人俱留广宁,监禁致死。乃调大军抵巢征剿,未有成功。己亥九月,贼首刺达等犹为边患。巡抚都御史陈钺、总兵欧信,从馒头山、碱口等处攻之,斩获贼首二百余级,全军而还。复分兵于辽阳迤东五堡,北接抚顺城,南连凤凰山,林木稠密处按伏,以守之。己亥,贼首伏当加纠三卫入寇,命抚宁侯朱永总兵,中官汪直监其军,陈钺赞画,往讨。破其营五百余所,焚庐舍二千余间,获马及军械倍之。永由是进封保国公。然其后仇我大邦,益肆猖獗,女直自此叛矣。

彭 陆 论 韵

古人用韵,大率因六书谐声而来,往往通而不拘,如《六经》可见已。宋吴棫才老《韵补》乃据唐、宋诸文士以律古人,是不足为准也。成化初,陆谕德鼎仪钺大不然之,彭学士彦实华与之书曰:"夫有声而后有字,合字与声,而后有韵书。韵也者,类其声之叶者也。使古韵书尽存，则古人字音固可尽得矣。古韵至魏、晋时尚多知之，宋、齐而下，浸以湮灭。然有博雅好古之士，若唐韩退之、柳宗元、白居易，宋欧阳永叔、苏子瞻、子由，犹能深考古韵而用之。夫谓之古韵，则古人字音与后人有不同明矣。《诗三百篇》，强半出于闺门里巷，其所韵非当时语而何？且一字而有两音者，如左右之类；三音者，如乐、恶之类；四音者，如行与泽之类。古今人皆然，何独谓明、鸣二字，古人未必读为芒，特叶韵时强转其声邪？足下谓明、鸣等字，今人未尝读为芒，古人之音不应大相绝如此。夫沈约距今才几时，而今之韵，于支与微之类，合其二而为一。麻与遮之类，分其一而为二。其不同已如此，而况数千百年欲其一一若自一口出，得乎？如今人读服为房六切，而服之见于诗者，皆当为蒲北，无与房六叶者，古人未尝读为房六也。今读庆为丘正切，而庆之见于《易》、《诗》者，皆当为驱羊，无与丘正叶者，古人未尝读为丘正也。《左传》以皮叶多，坡以皮得声，则皮初读为蒲波切，转而为蒲糜耳。颜延年以霾叶施，霾以狸得声，则霾初读为陵之切，转而为亡皆耳。莫之取义，日在莽中也，后人乃妄加以日字。臺之取义，筑土坚高，能自胜特也，后人乃讹转为苔音。若此者，未可遽以一二数，姑就足下所及者而言之。夫古今人不同多矣，试以字文韵语观之。字自仓颉古文变而为籀，篆文变而为小篆，又变而为隶，又变而为楷、为草。以今之草，律石鼓之古文，吾不知同邪、异邪？诗自《三百篇》变而为《离骚》，又变而为五言，又变而为七言，又变而为近体，为小词，以今之词律雅颂之古句，吾不知同邪、异邪？凡古之礼乐制度，后世废易殆尽。所幸存而未泯者，赖有载籍之传焉。字之音韵亦犹是也，于今可见古人音考者，独赖经传中韵语耳。足下因古人之叶韵，非今人之所读，遂谓古人强转其声，何溺于今而诬古人也？"彭所论如此，惜陆所与书无闻焉。

龙 洲 魁 谶

泰和，古名西昌，芳洲陈阁老德遵循家于东城。永乐甲午，乡试第一，明年礼部会试第二、廷试第一。先是尝有谶云："龙洲过县前，泰和出状元。"至是，杨文贞公±奇为谕德，在南京，寄二绝，其一云："龙洲过县千年谶，黄甲初登第一名。从此累累题榜首，东城迎喜过西城。"其后，六年辛丑科，城西曾鹤龄举进士第一。后十八年，为宣德癸丑，真定曹鼐为泰和典史，亦进士第一。文贞以为诗谶，而其初则为芳洲发也。至成化十四年戊戌科，曾彦复为进士第一，丘文庄公濬时为祭酒，以其门下士也，为彩联以迎之，云："江右贤科十回虎榜魁天下，西昌文运三应龙洲过县前。"盖不数曹者，以曹乃宦游人故耳。龙洲在县治南，三人登魁时，亦未尝见其过县前也。民之讹言，遂成谶耳。

妻 救 夫 刑

国朝妻救夫刑，蒙恩获宥者，二人。永乐甲申十一月，江浦知县周益以罪当刑，其妻杨氏诉益母老，愿代益死。上悯其情，特宥益。成化丁酉三月，河东驿丞王伫奏知州徐孚妖言律斩。孚妻李氏奏言翁姑年老，愿代孚斩首抵罪。奉旨俱释之。此二妇，可谓义烈，而朝廷宽宥不疑，真尧舜之仁也。予闻洪武中，给事中侯庸请代其父，监生程通请代其祖。永乐中，举人郭鲁请代其父，皆削军伍以全其孝。世犹侈为美谈，而况妇人当死生之际哉？可以为难矣。

山 阜 变 占

成化庚子，闽之长乐十八都昆由里，平地突起小阜，高三四尺，人畜践之辄陷，乡民聚观以为异。明年，复于其左涌起一山，广袤五丈余。占者曰："女主为男之兆。武后时有此变，幸其小耳。"时裕陵宫人万氏册为贵妃，最被宠幸。每侍宸游，戎服男饰以从，上益爱之。此其应也。乙巳二月丁巳四鼓，泰山微震。三月壬午朔四鼓，大震，入夜复震。丙戌四鼓，复震。甲午、乙未，相继震。庚子，连震二次。有司奏闻。时椒寝渐繁，上有易树意，而未宣露。会内台奏言泰山震动，应在东宫，上大惊，意遂已。其验如此。

瑞　梦　堂

祁阳甯竑,有"瑞梦堂",谕德王德辉华记之。记曰:"成化甲午,岁当大比。于时,大司马松江张公时敏,方为吾浙提学,首以华与今大学士谢公于乔,荐于主司。其年,谢公遂发解第一,华独见黜。复归,读书龙泉山中。方伯祁阳甯公元善,忽以书币来聘予为其子竑讲学。乃自浙抵祁阳,居于梅庄书屋。明年乙未,谢公状元及第。公闻之,以书来贺,曰:'先生与谢君齐名于时,今谢君及第,此亦汇进之兆也。良不佞,敢为先生贺。'华阅书,谓竑曰:'尊公此言,慰余客中落莫之怀耳,岂真谓余能然。'置书箧中,初亦不念动也。是夜,余就寝,忽梦归吾邑,如童稚时逐众迎春东郭门外,众舁白色土牛一,覆以赭盖,旌纛旛节,鼓吹前导。方伯昌黎杜公益之肩舆随于后,迤逦自东门入,至予家乃止。既寤,未解所梦。质明,是为端阳前一日。竑侍余晨铺,因语之梦。竑俯不应,久,已乃屈指回轮者再,作而复余曰:'是状元之兆也。家君之贺非诬矣。'余曰:'何居?'竑曰:'牛,一元大武也。春,岁之首,而试之期也。夫状元,时亦谓春元也。金色白,其神为辛,牛之神丑也,中之岁,其以辛丑乎?'余曰:'鼓吹前导者何?'曰:'是盖恩荣次第,所谓伞盖仪从送归第者也。'余曰:'奚为而杜公随之?'曰:'以伞盖从者,实京兆尹。昔江西李公裕以方伯尹京兆,是岁也,京兆尹其杜公乎?'余闻而笑曰:'嘻! 有是哉,子之言殆隍中之鹿也。'竑遂请为记。余曰:'征而为之,其既晚乎?'竑乃私识于《礼经》之卷末,而以复余曰:'愿先生无忘今日之言。'余曰:'诺。'岁丁酉,余复黜于主司,奔走江湖,日斯迈而月斯征,梦之真妄,不复记忆。庚子,乃领荐乡闱。明年辛丑,试春官,得隽,入奉临轩之对,果叨进士第一,传胪毕,承制送予归长安私第者,又果杜公也。一时湖、湘章逢之士,遂盛传是梦以为祥。竑乃易扁'梅庄书屋'为'瑞梦堂',而数书请如约为记,且曰:'先君之书,亦庶几知言者。梅庄地灵,实与闻先生之言,敢固以请。'余惟昼之所思,夜之所梦。商宗之梦见傅说,思得良弼也;孔子之梦见周公,思行其道也。近世科目之士，虽以状元及第为荣，而余之心思则未尝及此。然此梦征于六年之后，若合符节，毫厘不爽，岂所谓祯祥之先见者邪？余自及第迄今，具员侍从，几二十年，曾未能如傅如周，以对扬明天子之休命，顾徒夸诩于一梦之荣，以为之瑞而记之，亦且陋矣。第以竑之请屡至益勤，而夙昔之约有不能以终违者，遂为备录颠末，以塞其请，且以见夫人之穷通迟速，固有一定之数，而不可以趋避为也。竑亦丙午贡元，不愿禄仕，诏授散官。其占是梦，人称其颖悟云。"

文武换易官秩

宪庙悯于少保之死，赐谥立祠，擢其子千户冕为应天府尹，此以武秩换文也。永乐中，祥符张信自乡举积官侍郎，与英国公张辅同族，改四川都指挥佥事。近则成化辛丑进士夏邑梅纯，以驸马殷之后，为中都留守，此以文秩换武也。举人为武官尤多。如驸马周景之子贤，中丙午乡试，赴礼部场屋，太后遣人畀酒食入视之。及下第，授指挥同知，世亦诧以为异。

会 试 论 表

会试录洪武初惟刻序及执事、与中式姓名、暨三场题目而已。乙丑、戊辰，始刻文而录不可见。辛未，惟传许观《经义》一篇，其论题，洪武则《大德受命》甲戌、《持心操节》丁丑、《春秋大一统》建文庚辰。永乐，则《治国平天下》甲申、《礼乐明备》丙戌、《洪范九畴》己丑、《君子笃恭而天下平》壬辰、《大人与天地合德》乙未、《正谊明道》戊戌、《经纶大经》辛丑、《天人一理》甲辰。宣德，则《圣人之大宝》丁未、《圣人法天立道》庚戌、《圣人以仁育万民》癸丑。正统，则《圣人人伦之至》丙辰、《诚者圣人之本》己未、《仁统天下之善》壬戌、《至诚立天下之大本》乙丑、《舜为法于天下》戊辰。景泰，则《孟子功不在禹下》辛未、《大舜善与人同》甲戌。天顺，则《中正仁义而主静》丁丑、《心妙性情之德》庚辰、《圣人在天子之位》甲申。成化，则《天子建中和之极》丙戌、《孔子立万世常行之道》己丑。予授官后，不能忆其余也，所拟表，洪武、永乐中，祥瑞称贺为多，如"野蚕成茧"、"五色卿云"之类，近始易以进书授官，渐与昔异矣。

援 例 入 监

祖宗以来，最重国学，慎选贡徒文行兼备者，积分自广业堂升至率性堂，即得铨选京职、方面，与进士等。洪武乙丑，会试下第举人、与赴礼部不及试、及辞乙榜不就职者，皆得入监。永乐初，翰林庶吉士沈升建言："滥预中式者，近年数多，宜加精选，方升国学。"盖亦选俊法也。景泰改元，诏以边围孔棘，凡生员纳粟上马者，许入监，限千人而止，然不与馈饩，人甚轻之。成化己丑，进士安邑张璹当在首甲，以援例抑置二甲第一。成化甲辰，山西、陕西大饥，复令纳粟入监，两阅月放回依亲。有告愿自备薪米寄监读书者，听。寻令监生年二十五岁以上方准食粮收拨，其省费如此。丘文庄以礼侍掌监事，季考以南城罗玘为首，曰："此解元才也，取之者其惟李宾之、程克勤乎？"是年丙午京闱，果二公主文柄，论题《仁者与物为体》。玘以"无我则视天下无非我"立说，理既明畅，词益奇古，参以前后场，俱称，遂置首选，连第入史馆，文名震于海内，于是援例之士增价矣。

龙 与 蜘 蛛 斗

《西阳杂俎》载蜘蛛有大如车轮者，人多不信。成化七年，蓟州盘山有大蜘蛛与龙斗，为龙所毙，野人献其皮，如车轮然。乃知段氏所云不我诬也，天壤间亦何所不有哉？人局于见闻，则陋矣。盘山，一名盘龙山，在蓟城西北二十五里，高二千余仞，周百余里，其高峰曰上盘，绝顶有二龙潭，祷雨辄应，盖灵境也。

京 官 折 俸

高皇帝时，京官支全俸外，尚多岁时赏赐，正旦、元夕、冬至，例赐酒米钱。永乐间，营建北京，乃定每岁京官之俸，春夏折钞，秋冬则苏木胡椒。五品以上折支十之七，以下则十之六，其十之三若四，米也。是时钞重物轻，公私两便。宣德中，礼书胡濙摄户部事，始请米一石，折钞二千。然物日以重，钞日以轻，军国之需益繁，折支旷数，岁仅一给。成化五年，御史李瑢监内帑出纳，见纻、丝、绫罗、纱、褐、缯、布之衣、帨、衾、褥以及书、画、几、案、铜、锡、磁、木诸器皿，皆委积尘土中，日久腐坏，将归于亡用，乃请以充俸钞。制曰："可。"以是藏吏检会，驵侩估直，枚识之，听各衙门具数，委官领出，分授各属。然自后亦数岁一行，有终任弗及支者。若钞则支者日益罕矣。

援 溺 得 子

成化初，高邮卫有张百户者备漕运差使。将过家料理，别顾小舟而行。道湖风作，舟覆，仅获免，乃惩险，从湖堤陆行。至半途，望见一覆舟浮沉波上，有人踞舟背呼号求援，烟雾中了不可辨其为谁。张心怜之，呼岸傍小渔艇俾往援，不肯。则解装出白金十星与之，乃行援之。至，则其子也，因候父而来，遭风溺者半日。出自水，尚振掉不能言者久之，稍迟则葬鱼腹矣。人诧为异事，岂父子天性默相感通邪？不然，行旅络绎，宁无一人恻隐者，而援之乃独张邪？

六 臣 忠 谠

语曰："日月欲明，浮云蔽之。"成化间，憸邪杂进，左道乱政，然赖有六臣焉。内阁商公辂、刘公珝，都台王公恕、郑公时，府丞杨公守随，刑曹林公俊。忠谠格君，其何伤日月之明哉？丙申七月，黑眚伤人，京城骚动，人持兵刃，昼眠夜作。说者曰阴盛之状，又曰胡虏之兆，旬余，无敢建言者，刘公首请开言路，上嘉纳之。已而妖狐夜出，山西妄男子侯得权诡姓名李子龙，谋入内为逆，伏诛。乃开西厂灵济宫前，诏太监汪直领官校百余人刺事，立威恣肆，京官三品以上，擅自抄札，内外恟恟。商公疏直十罪以闻，上不省。刘公复疏言："东厂之设，实自建立北京之初,专为缉访谋逆妖言大奸大恶等事。止令内臣提督,若干犯法典,仍下所司究治。一时权宜,因而不易。今增设西厂,非旧制也。立厂之后,事情纷扰,于国家安危,关系非小。伏望革罢,以安人心,不避震怒,再此申渎。"上使怀恩诘责,二公力辩。始诏革去,而商公遂见几告归。太监梁芳进淫巧以荡上心,收买奇玩、引用方术,以录呈异书为名,夤缘传旨与官,已官者辄加超擢,不择儒、吏、兵、民、工、贾、囚、奴。至有脱白除太常卿者,名曰传奉官,多至数千人。而僧、道、乐工之蹑其侪者,又不足数。李孜省、僧继晓,尤尊显用事。妖人王臣,尝为奸盗,被楚伤胫,号"王瘸子",凡物经其目,即能窃去,或手取人财物投水中,辄自袖出。内竖王敬,挟臣采药江南,横索货宝,痛棰吏民,吴、越大被其害。尝觅金蜈蚣,拷讯无有,里胥通贿,乃喜,令置酒游山,酒半,烨烨树间皆此物也,其幻类此。至苏州,拘诸生录妖书,陆完辈忿,欲击之,走匿以免。敬方具奏,适王公以巡抚至,疏其罪恶大,致激变,攫取财物元宝至二千余锭。诏审敬,僇臣于市,传首江南,人皆快之。陕西大饥,郑公巡抚赈济,多所全活。因疏利国保民五事,尽诚敬以回天意、明理义以杜妖妄、减进贡以苏民困、息传奉以抑侥幸、重名器以待有功,辞多切直。上命谪贵州参政,陕西人哭送,若失父母。传闻至京,上稍厌芳所为。癸卯冬旱,百祷不应,科道交章论芳。上命中官袁琦传旨,今后内官传奉除官,不问有无敕书,俱复奏明白方行。即日,召吏部,降四人、黜九人、下六人于狱,皆逃自军囚者,余尚未斥,而人已称快。厥明大雪,人益欢,谓纳谏绌邪、格天之应,十二月廿八日也。孜省者,江西人,为吏坐赃,杨公以御史巡按,逮问充军,孜省逃至京师,以符水得幸,授太常丞。比公还朝,即劾孜省罪恶,不宜典郊庙百神之祀,命改上林苑监。久之,擢礼部侍郎,掌通政事,受密访察百官贤否,书小帖,以所赐图书封进,因谮杨公。会公以应天府丞述职,既辞朝行矣,忽中官传旨,问吏部何不黜守随,部以廉能对,乃令具履历揭帖。明日,又问吏部服阕添注之由,复令奏闻,乃调外任,左迁知南宁府。孜省自是引进奸党,排摈忠良,后以工部尚书伏诛。僧继晓者,始以淫术欺诳楚府,事败,走匿京师。其术得售,尊为法王,出入禁御,赐美姝十余,金宝不可胜纪,发内库银数十万两,西华门外拆毁民居,盖大镇国永昌寺。大臣谏官默默,林公以刑部员外郎备劾芳荐进继晓过恶。上怒,下锦衣狱,责三十,降云南姚州判官。后府经历吉水张兼素黻论救,亦下狱,贬石州,寻改师宗知州。乙巳正月元日,星变,王公为吏书,言俊、黻忠直。上悟,传旨俱复原职南京用,而黻已卒于家矣。林公今为云南按察副使,行部至鹤庆,活佛寺岁久放光,男女争施金箔,即拽而熔之,得金八百两,归诸库,其持正此类也。刘公在内阁有酒德,善讲经,多谈论,不知者或目为狂躁,然实刚介敢言,默格君心。后为同官万安、刘吉所诬,使逻卒吓之求退,即疏致仕归养,乙巳九月也。父母没,各庐墓三年,竟得疾卒,人称其孝。郑公亦尝庐墓,有白兔驯扰之异。忠孝大节,世鲜知之,《诗》曰:"有冯有翼,有孝有德,以引以翼。"其诸公之谓与?

简 除 保 举

祖宗时,君臣旦夕相见,其于用人尤谨。每吏部具缺,或简除、或保举,皆公朝传旨行之,非中官所敢专也。按,永乐七年闰四月,尚书赵羾传奉圣旨:"方宾授兵部尚书,今日便到任。"所谓简除者,此类是也。宣德七年三月,敕谕:"自今布政按察司及知府有缺,吏部行移在京三品以上保举。吏部审其所保,果当,奏闻,量授一职。后犯赃罪,并罚举者。其绩满不及荐者,会官议其贤否,定黜陟。"正统初,有言令不便者,内阁杨文贞公疏谓:"浮薄不肖之徒,畏不得荐,造为谤语,欲隳坏先帝之良法,冀得循资格迁转耳。"于是仍旧令景泰、天顺以来,或各荐、或会举,中间归于吏部者,无几。成化二年,有举不当上意者,乃命吏部专行之。四年,又有言其非政体者,上命:"今后京堂四品以上,吏部具缺,朕自简除,方面官照正统年间保举。"人疑为中官意也。御史戴用净令吏部会同内阁,或多官计议,或径自推举,从而裁断之。上曰:"此祖宗旧规也,乃敢徇私背公、妄言沮止乎?"于是吏科给事中沈瑶等合题,谓:"两京四品以上官,陛下既亲简除矣。在外方面,又各保举,则吏部所司者何事?宜令吏部遇京堂员缺,会同内阁推举。若方面员缺,会同三品以上官保举。"上命吏部通查典故,十二月,覆题以闻。上曰:"祖宗旧规如此,御史给事中乃不欲朕举行,何邪?中间显有情弊,其究治之。"自是不复有言。既数月,荐擢者咸惬舆论,乃知文贞之确见也。然近日简除权归吏部,荐举惟据抚按,皆不过循资格耳。早朝后,君臣不复相见,故中官传奉,人以为耻。然则用人出于至公,其必上下交而成泰乎?

荆 襄 兵 兆

成化乙酉,天雨黑黍于襄阳,掬之盈把;彗星见西北隅,长三丈余,三阅月乃没;地震,屋宇摇动,轰轰有声,盖兵兆也。时北方流民聚山中,凡数十万,推千斤刘为首,流劫邓州,官军捕之,遂纠众反,以石和尚为谋主,每战辄胜。越明年,僭号为南漳。事闻,上命抚宁伯朱永为平虏将军,总两京、湖广、江西、四川诸路兵讨之,尚书白圭督其军,湖广总兵李震帅土兵至,会永有疾,震分道进攻,大破之,擒千斤刘。已而永痊,捣其巢穴,斩首九百余级。指挥张英,诱执石和尚,又战于古路山,获贼子刘聪等百余辈,并军械、伪印,斩余孽万余级而还。诸将争功,潜杀张英,人心不平。后贼党李胡子反,遣都御史项忠,用襄人检讨张宽为乡导,又讨平之,湖、湘乃靖。献俘论功,永进封侯,震封兴宁伯。后永征鞑虏有功,又征建州,进封公。没,追封宣平王,谥武毅。功臣异姓王者,自开国六王、靖难二王后,仅见永尔。

卜 马 益

南京后府经历卜马益者,山后人。其子锡,性猛悍,好拳棒。一全真道士自山西来,以此艺干之,馆谷于家。久之,谓曰:"此一夫勇尔,吾有小术,子盍观乎?"即磨钝刀,稍铦,叱令斩府中大槐,凌空而去,有小刀百余飞跃随之,所着柯叶坠落如雨。夜经门楼,仰望其楣,峻甚,锡戏曰:"先生能踈及之乎?"笑解其发,举手拂之,发皆直竖,上接屋极。又登清江门，下瞰城堙，望见倡家，怒曰："泼贱不良，神明所恶，我当毁其庐。"挥袖向天，火从袖出，煜爚遍地，锡急止之。言于益曰："道士，正人也。"问黄白术，点化辄成。益以为真仙，礼敬若父母，纵其出入。益妻妾多丽，道士取其发咒之，夜迭从门缝奔其卧所。苦其淫毒，涕泣以告。益不胜愤，往守备厅白焉。道士被逮，锁梏辄脱，急涂以狗血，乃囚送京师。会兴宁伯李震与参将吴经有隙。经弟绶，以舍人从震讨刘、石立功，官至千户，汪直用为心腹。经使绶谮于直曰："震尝窝一全真，学谶纬兵法，即其人也。"直信之，奏下震狱，削爵，而诛道士。人皆知事出益父子，而震含冤，无以自明。

才力不及

旧例，朝觐考察天下官员，其沙汰之目曰老疾、曰罢软、曰贪酷、曰素行不谨，凡四而已。成化丁未，丰城李裕为吏部尚书，建言谓："迟钝似软、偏执似酷，二者于老疾、不谨，复无所属，乃创立'才力不及'，通前为五。"朝廷以其有爱惜人材之意，从之，至今为例。裕以附李孜省得大用，此其媚众之术也。又裕每当大选，先二日于后堂中设木牌，上书"皇天鉴之"四字，与二侍郎坐定，文选司官前立，以缺员并选人姓名、品第、校量，笔之于牍。至期，引奏毕，对牍填榜，更不移易，且免错误。外虽近公，然品第之时，实容私云。凡才力不及者，俱照级调简僻衙门用，然人亦无訾之者，此可见天衷之公也。宋立斋端仪曰："孜省尝托言神降，有'江西人赤心报国'之语，以尹太宰旻不右江西人物，乃叶谋挤罢，而用裕代之。又用计罢刘阁老珝，而用泰和尹直代之。起永新刘敷长台宪，擢高安黄景贰礼部。而新建谢一夔、安成刘宣，俱出翰林，竞亦附丽，一夔进司空，宣亚吏部，物议喧然，惟羡盱江何公乔新之介特。予闻都御史王越特为汪直所厚，旻偕卿贰，欲诣直，属越为介，私问越：'跪否？'越曰：'安有六卿跪人者乎？'越先入，旻阴伺之。越跪白讫，叩头出。比见直，旻先跪，诸人皆跪，直大悦。越尤旻，旻曰：'吾自见人跪来，特效之耳。'"由此言之，旻未为贤也。

名画古器

纯皇好玩名画古器。南京西华门,旧有二黑漆圆楪,振之则中空有声,盖国初巨室之籍入者,以不可启视,故弃于此。守阍小内使张本,穴而窥之,则画幅存焉。一为王维傅色山水,约三丈余;一为苏汉臣所绘《宋高宗瑞应图》。本以王画送安宁,苏画送黄赐,皆太监坐厂守备者。未几,宁死,赐攫得之,并以献。上赏赉颇多,益加宠任。甲辰二月,宿州农夫垦田,遇古墓,获镜及灯台各一。磨镜照之,见墓中人僵卧,犹带弓矢,惊骇,扑之于地。又见农家室户,男女宛然,以为怪物,掷之不复顾。独携灯台,鬻于富室,且谈及镜事。其夜,灯台发光如昼,富室以献于官。时四川崇庆州举人万本知州事,得之,大喜,寄馈其叔祖万阁老_安,遗书亦道及镜事。安欲并得镜以献上,乃移书索之甚亟。本遂逮系农夫追索,了不可得,系狱三年,安去位,始获释。

东 海 二 仙

北人刘勋为予言东海近出二仙。其一即张三丰。辽东义州人,张仲安第五子,本名君实,字全一,玄玄,其别字也,自号保和容忍三丰子。元末,居宝鸡金台观。辞世留颂而逝。民人杨轨山为棺殓,临窆,发视之,复生。乃入蜀,抵秦,居武当,游襄、邓,往来长安,历陇、岷、甘肃。永乐中,遣都给事中胡濙、道录任一愚、岷州卫指挥杨永吉访求,未获。天顺末,或隐或见,上闻之,封"通微显化真人"。后往来鹤鸣山半年,迄今不知踪迹。其《咏扬州琼花》,盖自况也。其一济南海上老人。初不知其姓字,发如银丝,颜如渥赭,双目澄澈,左手常握而不开,日进生果三枚、水一勺而已。洪武壬午,过济;永乐间,复至。成化乙巳,济南卫指挥朱显,奏闻有王姓者,传闻五世祖学道海上,得仙。上召见之,赐姓名"王士能",问其年。平陈友谅之岁也,百二十三年矣,貌如四五十许。自言平生惟不食肉、不近女、不争气而已。

或曰："弘治辛亥羽化之日，今东宫诞辰也。"予不敢信，漫识之。

虎　臣　进　谏

凤翔之麟游，有虎臣者，慷慨有气节。成化末，贡入太学，适闻万岁山架棕棚以备登眺，臣上疏极谏，宪庙奇之。祭酒费訚不知也，惧其贾祸，乃会六堂，鸣鼓声罪，铁索锁项以待。俄有官校宣臣至左顺门，中官传温旨劳之曰："尔言是也，棕棚即拆卸矣。"命铨选时，吏部予臣七品正官，訚闻而大惭，臣名遂播天下。后知云南鄂嘉县，卒于官。楚雄姚鹏哭之以诗曰："献策当年为国忧，至今浩气贯皇州。只期事业垂千古，岂料形骸付一丘。青史有名书虎氏，锦衣无复耀麟游。苍天不管忠良士，空使穷荒草木愁。"

道　具　体　用

巡抚朱都宪英与方伯彭凤仪韶荐白沙陈公甫于朝，部檄至，彭公作序送行曰："圣人之道，体用具而已。孔子论士，以行己有耻、使命不辱为先，修孝弟、谨言行者次之。《大学》言明德而必及新民，《中庸》语率性而必及修道，《西铭》父乾母坤乃至民胞物与，盖合内外之道、该本末之事，未尝偏主独胜以为学也。学既成矣，人不吾知，嚣嚣若将终身焉。苟知而求我，则起而从之，推所有以及物，以经济显扬为务，未尝狭视斯世，而曰：'是何足与言仁义也，'亦未尝厚诬吾民，而曰：'转渐浇讹也。'于是遂应君命，陈力就列，不出位、不旷官。若遭时行志，则如傅说、武侯、伊川、鲁斋其人，揭正义于中天，振斯文于来裔，其烈亦盛矣。或事与时违，则见几而作，引身以退，而亦不忍归曲上下，求以吾誉焉。夫用心至于如是，非德充学盛、量洪识远，岂能为此大全之学哉？新会陈公甫先生，隐学三十年余矣，巡抚大臣贤之，荐于朝，下所司劝驾。先生徐白于母，忻然命之行。噫！此斯文正气之一儿兹行，其必有合哉。一时注想，何异神明？先生亦必有以处之矣。韶忝相知于其行也，赠以诗曰：'大道本无外，此学奚支离？

人己彼此间，本末一贯之。是以古人心，包遍无遐遗。卷舒初不滞，动止在随时。白沙陈夫子，抱道真绝奇。林间三十载，于学无不窥。行周材亦足，知崇礼愈卑。珠玉虽固闷，山水自含辉。声名满四海，荐牍遂交驰。一朝征书至，八十慈颜嬉。有司劝就道，束书敢迟迟。积诚动天听，纳牖契神机。治化淳以洽，转移良在兹。'"及彭公疏梁芳有弟扰乡，忤旨，调贵州，公甫书赠言曰："忘我而我大，不求胜物而物莫能挠。孟子云：'吾善养吾浩然之气'，山林朝市一也，死生常变一也，富贵贫贱、夷狄患难一也，而无以动其心，是名曰'自得'。自得者，不累于外，不累于耳目，不累于一切，鸢飞鱼跃，其机在我。知此者，谓之善学；不知此者，虽学无益也。"二公之意，盖以体用交相劝勉者如此。

奖　贤　文

　　吾广方伯陈克庵士贤_选尝作《奖贤文》曰："保民以固邦本者，臣之忠；教子以尽臣节者，母之贤。贤母、忠臣，国家之所褒嘉，方伯连帅之宜奖予也。广东市舶太监韦眷，招集无赖驵侩数百十人，分布郡邑，专鱼盐之利，又私与海外诸番相贸易，金缯、宝玉、犀象、玳瑁之积，郿坞不如也。然犹奋其威诈，渔猎民财无厌，衔冤者莫敢诉，持禄者莫敢问，官府所鞭挞者、囹圄所系者，皆种禾捞蚬之民耳。由是，岭表之民不蒙至治之泽。而诸司慑其威、甘其饵，非惟莫敢问，又从而助其虐。番禺令高瑶独毅然不与为之屈，民有遭其荼毒者，力捍御之，若卫赤子，谓非保民以固邦本之忠臣不可也。且闻其母贤，恒励瑶以忠孝大节。古人有言'非是母不生是子'，信然哉！子承方伯之乏，于是命广人作《戏彩图》贻之，以示奖子也。噫！斯举也，岂为高氏母子哉？为国家也，为岭表之民也，为食禄者劝也。"克庵雅尚澹泊，无异韦布，每食饭一盂，韭数根，或鸡子半枚而已。凡事涉风教，必捐俸为之。日使瞽者振木铎以徇道路。置深衣幅巾，择耆民有德者予之，使教子弟。听讼，不事刑扑，隶人惟令业巾网于左右，以闲其心。与讼者约，自持一票，诣被告家，使自出诣官，罔不从者。民化其德,皆不忍欺。瑶,字庭坚,闽人,丙子乡贡,莅政廉公有威。县左有韦眷所创寺,僧不敢杵钟,眷问其故,曰:"畏高正衙耳。"及盘眷私货归县库,以身当之,克庵称为古循吏。及克庵奏眷不法,反被诬就逮。瑶亦落职,束书数笈,戴平头巾,飘然去。士民拥道涕泣,交送之者几千人。

卷第十

孝穆诞圣

万贵妃始为宫人，司东驾盥栉，谲智善媚。既颛宠，居昭德宫。太监段英掌其宫事，与其兄弟子侄万通、万喜、万达辈，威福赫奕。大学士万安认为同族，与刘吉皆附之，朝士无耻希进者群趋其门。成化戊子九月，彗星见，扫三台。彭文宪公时在内阁，乞归，不允，因疏请修省，谓："外廷大政，固所当先，而宫中根本，尤为至急。凡女子年过四十则无子，虽有所生，亦多不育。谚云：'子出多母，'今宫嫔数多，宜生子亦众。然数年无一生育者，必爱有所专，其所专者，必过生育之期故也。伏望舍其旧而新是图，务正名分、均恩爱，以广继嗣，为宗社大计，则人心安而灾异息矣。"又言："黜陟人材，宜断自宸衷，不可专委臣下。"上优诏答之。己丑九月，幸昭德宫，时皇妣纪氏在御妻之列。既有娠，万氏知之，百方苦楚，胎竟不堕。上命出居安乐堂，托言病痞。庚寅七月己卯朏，今圣上皇帝诞焉。皇妣乳少，太监张敏使女侍以粉饵哺之弥月。西内废后吴氏保抱惟谨，以未奉命不敢剪剃胎发。辛卯十一月，悼恭太子祐极正位东宫，已而薨于痘。禁中渐传西宫有一皇子，上心甚念之，然虑为万氏所忌。乙未五月，张敏厚结段英，乘万氏喜时进言，万氏许之。上即召见，发已覆额矣。天性感通，相持泣下动容，出语，矩度不凡。上抚之大喜，万氏具服进贺。遂令内阁拟名至再，上亲名之，送仁寿宫抚育，中外闻之胥悦。皇妣受万氏觞，有疾，徙居西内永寿宫。六月戊寅朔，文武大臣请建元良，甲申奏上，命待皇子稍长行之。是月乙巳，皇妣薨，追封淑妃。京师藉藉，谓薨于鸩也。十一月，始立今上为皇太子。及登大宝，追尊皇妣，谥曰"孝穆皇太后"。县丞徐顼请究皇妣薨逝之由，当时诊视太医院使方贤、治中吴衡俱宜逮治。万安、刘吉力请已之，惟访求皇妣亲属之在广西者。未几，徭峒有纪姓者诈冒皇舅，有司信之，遂以上闻。其后败露，守巡官、保奏者皆黜，吾乡黄金宪钿亦其一也。既而用内庭言，皇妣本出李氏。弘治庚戌九月，降制封圣母之父李公为庆元伯，母唐氏为伯夫人，命有司建祠于桂林城南，春秋祭享。张敏家本福建同安，成化末年卒，其弟苗以承差荫中书舍人。不三载，迁至南京通政使，赠其祖益初如己官，父太常，又以兄敏功赠锦衣千户。而苗子定，庚戌登进士第。或曰内侍潘真尝与人言皇妣讳妙善，入宫时误报李为纪，故二姓族类难究。上孝思追悼不已，念吴后保抱恩，命宫中进膳如母后礼，复其侄官为锦衣百户。

进 御 当 夕

　　进御之礼，据注疏，天子女御八十一人，当九夕；世妇二十七人，当三夕；九嫔九人，当一夕；三夫人三人，当一夕；后当一夕。望前，卑者先，尊者后，望后乃反之，凡十五日而遍。诸侯两两而御，侄娣六人当三夕，二媵当一夕，夫人专一夕，凡五日而遍，至六日还从夫人如后法。孤卿大夫有妾者，二妾当一夕，内子专一夕。士有妾者，但不得专夕而已，妻则专夕。故《内则》曰："妻不在，妾御莫敢当夕。"然《诗·小星》注："凡妾御于君，不当夕。"《三礼义宗》曰："进御，天子者十五日而遍。自下而上，象月初生，法阴道也。晦明是其所忌，故人君不以月晦及望御于内。晦者阴灭，望者争明，故《春秋传》曰：'晦淫惑疾，明淫心疾。'夫妾御与后，并皆当夕，既与《诗》背。除去望晦，则十五日不得而遍。后以尊在后，遇望反不当夕矣。腐儒陋见，所以启后世嬖妾颛宠之端也。予谓一日之间，有朝有昼，有夕有夜。夕谓日入星未出时，人君修令而退，王后每夕皆进于王，所以正内治，故妾进御俟夜，不敢当夕。《小星》诗曰：'肃肃宵征，夙夜在公。'谓夜见星而往，夙见星而还也。后五日一休，一嫔与其御进，又五日一休，一嫔与其御进，凡四十有五日，而九嫔毕见。故《周礼》九嫔掌以时御叙于王所，女御掌御叙于王之燕寝者，此也。夫人坐论妇礼，在浆人则致饮，掌客则致礼，世妇惟掌丧祭宾客之事。盖先世女御之老而无子者,为后六宫官属,故《王制》曰:'国君不名卿老世妇。'则以先世臣妾在所当敬故也。是进御者,嫔与御而已,夫人世妇不与可知矣。自诸侯大夫以下,虽妾媵有多寡,然皆用五日之制,故《内则》曰'妾年未满五十,必与五日之御'者,此也。"详见《罗鄂州集》中。

御 制 静 中 吟

守成之君,颠冥于崇高富贵者,固不足言;然亦有殷忧多难,不能启圣兴邦,发为词章,萎靡不振。唐睿宗《送司马子微还天台》诗云:"紫府求贤士,清溪祖逸人。江湖与城阙,异迹且殊伦。间有幽栖者,居然厌俗尘。林泉先得性,芝桂欲调神。地道逾嵇岭,天台接海滨。音徽从此间,万古一芳春。"宣宗避地,有《爽溪楼》诗云:"殿阁连云接爽溪,钟声还与鼓声齐。长安若问江南事,报道风光在水西。"宋高宗《中和堂》诗云:"六龙转淮海,万骑临吴津。王者本无外,驾言苏远民。瞻彼草木秀,感此疮痍新。登堂望嵇山,怀哉夏禹勤。神功既盛大,后世蒙其仁。愿同越勾践,焦思先吾身。艰难务遵养,圣贤有屈伸。高风动君子,属意种蠡臣。"三诗俱有石刻,绝句则元周伯琦为僧克新书之者。夫睿宗陷于武瞾,而役志幽栖;宣宗窘于会昌,而留连光景;高宗惫于强虏,而自比勾践。皆志不足以帅气,气不足以配道,故尔。尝庄诵今圣上御制《静中吟》曰:"习静调元养此身,此身无恙即天真。周家八百延光祚,社稷安危在得人。"是时召学士张元祯进讲《太极图》,契于皇心,见于皇言,深符主静、立极、纯心、用贤之说,盖不徒闻见之知而已。词气浑噩,太极同体,岂彼三君庸琐之作所可望哉?

午 朝 奏 事

《春秋传》曰:"朝以听政,昼以访问,夕以修令,夜以安身。"今之早朝,朝也;午朝,昼也;晚朝,夕也;夜乃即安:祖宗勤政之典如此。景泰中,午朝许大臣造膝奏事,面决可否,即施行之。若陈循、王文欲杀考官,高文义公力疾造朝,口奏曰:"少保臣高穀有事门上说。"即召对议行是也。弘治庚戌,彗见天津,诏大臣言军民利病、时政得失。刑部右侍郎彭韶疏言:"臣获随午朝,窃念日奏寻常起数,于事无补。愿自今午朝,惟议经邦急务。如吏部有大升除,礼部有大灾异,户部、兵部有紧急钱粮、边报,工部、法司有紧关工程囚犯之类,许令先期开具奏乞,圣驾定日出御左顺门,事当会议者,就于御前公同计议。事体既定,口奏取旨奉行,次日补本备照。若事体重大、一时难决者,听各官先行博议于下,候至朝时,再议奏行,仍乞温颜俯询曲折。如此,不惟世事日熟,而群臣邪正亦自可见。有事则行,不分寒暑,无事则止,勿劳圣驾。既不废午朝之典,又可率群臣兴事。则凡时政得失、军民利病,自可次第张弛矣。"其言与昼以访问合,上嘉纳之。

谪　仙　亭

　　邹吉士汝愚智谪雷州石城千户所吏目,道吾广,有司留馆坡山,士民争先谒焉。其同年苍梧吴献臣廷举尹顺德,令邑民李焕于古楼村建亭居之,匾曰"谪仙"。其父来视,责以不能禄养,棰之,泣受而不辞。弘治辛亥十月,卒。献臣往治其丧,适方伯东山刘公大夏至邑,不暇出迎。廉知其故,反加礼待,共资恤,还其丧,献臣自是知名。白沙陈公甫《追次汝愚》诗曰:"迁客一亭遗海滨,当时谁号谪仙人?花江柳市无疆界,尽是乾坤一样春。"献臣和曰:"浮云浩浩南海滨,落月独照穷愁人。狼籍几株桃李尽,谪仙亭上可怜春。"赵进士璜曰:"拄颊孤亭野水滨,阆壶风月谪仙人。而今只有残鹃在,啼老东溟二月春。"蒋知县升曰:"谪仙亭子海之滨,仙去亭空月傍人。二十四番花落尽,一杯谁共送残春?"汝愚,四川合州人,秀伟聪悟,弱冠领解首,丁未连第,入翰林。其年十月丙子五鼓,有大星飞流,起西北,亘东南,光芒烛地,蜿蜒如龙,朝宁之间,人马辟易,盖阳不能制阴之象也。适诏天下大小衙门,政务如有利所当兴、弊所当革者,所在官员人等指实条具以闻。汝愚疏言:"正天下之衙门,当自内阁始。以利弊言之,莫利于君子,莫弊于小人。少师万安,恃权怙宠,殊无厌足。少师刘吉,附下罔上,漫无可否。太子少保尹直,挟诈怀奸,怙无廉耻,皆小人也。南京兵部尚书致仕王恕素志忠贞,可任大事。兵部尚书致仕王竑秉节刚劲,可寝大奸。巡抚直隶右都御史彭韶学识醇正,可决大疑,皆君子也。然君子所以不进,小人所以不退,岂无自哉?宦官阴主之也。陛下法太祖以待宦官,法太宗以任内阁,则君子可进、小人可退,而天下之治出于一矣。夫岂不知刑臣之不可弄天纲哉?然一操一纵,卒无定守者,正心之功,未之讲也。早朝之后,深居法宫,此心之发,一如事天之时,则天下幸甚。"疏上,不报。弘治己酉,御史汤鼐坐事连及,遂下锦衣狱,议坐大辟。刑部侍郎彭公韶辞疾不为判案,始获免。谪死时年二十六。

汤李自相标榜

初,万安子翼,第进士,官至侍郎。翼子弘璧,丁未复幸隽。其同年麻城李文祥,有才学名,将奉大对。安欲托以孙,因许及第,文祥以正对,乃使弘璧延诸别馆致款。属题画鸠,文祥即奋笔作诗,末云:"春来风雨寻常事,莫把天恩作己恩。"安衔之。文祥每见沉浮世事者,辄叱且詈。上登极,御史汤鼐等交章荐起三原王公恕为吏部尚书。公素礼重风义之士,文祥及邹智十余人与鼐往来,高自标榜,谓鼐为先锋,文祥为大将,余不能纪。适诏开言路,文祥上《新政疏》,请一权立法、进贤绌奸、广言纳谏,语过切直。召诣左顺门,中官传诘"中兴再造"等语,以为不祥,从容辩对而出。既而得旨,俾佐剧县,遂补咸宁丞。时王公竑已没,三原因论荐召彭公韶为刑部侍郎。鼐以印马诣内阁会救,安与刘吉、尹直谓曰:"近日诏书里面不欲开言路,吾辈扶持言官增之耳。"鼐即以其语劾奏之。数日,召鼐入,诸中官示以疏已留中。鼐大言,疏不出将并劾诸中官,诸中官稍匿。鼐昂然遂出,益肆志自负,多以疏草示人,又劾都御史马文升等,复声言将劾三原。已而安、直皆免,鼐与文祥等日夜酬呼,以为君子进、小人退,虽刘吉尚在,不足忌也。一时直声震播海内。吉使门客徐鹏啗御史魏璋以利,使伺鼐。鼐家寿州,知州刘概与书,言尝梦一叟,牵牛将入水,鼐引之而上,牛近国姓,此国势濒危,赖鼐复安之兆也。因馈白金为寿。

矞大喜,出书示客,璋以此劾之。草奏以陈景隆为首,诏捕矞及概下诏狱。文升时掌都察院,欲坐妖言律斩,三原力救之,乃谪戍甘肃。大理丞缺,吉欲用璋,三原不从,璋竟外补。寻奏召文祥还,授职方主事。居十八日,中书舍人长安吉人以言下狱,乃有媒孽文祥妄议朝政者,于是被逮成狱,下法司拟罪,当死。会有密解之者,乃从轻,降兴隆卫经历。既抵任,进表南还,大雪中行数百里,至商河城曲,河冰陷,溺死,时年三十。矞后数年始释放为民。

刘　绵　花

夺情起复,自天顺初给事中乔毅奏革后,有李文达、罗一峰论之,得谪。成化庚子,内阁刘吉丁外艰,诏赍以羊酒宝钞,起复视事如故。吉三上疏辞,托贵戚万喜得不允。陈编修音上书,劝其力辞,吉不答,人无敢言者。吉每谈笑对客,殊无戚容。丁未,今圣上新政,科道交纠,万安、尹直以次罢遣,吉独不动,倚任尤专。虑科道言之,乃倾身阿结,昏夜款门,蕲免弹劾,建言欲超迁科道,待以不次之位。会诏量才举用废滞,吉特为奏升者,原任给事中贺钦、御史强珍辈十人,部属惟员外林俊一人而已。时吏部已次第拟用,而吉为此者,媚众也。凡科道为圣情采纳者,悉谓由己,自是人无复有言之者矣。弘治改元,风雹发自天寿山,毁瓦伤物,震惊陵寝。上诚谕群臣修省,遣官祭告。于是左春坊庶子兼翰林侍读张昇疏言:“应天之实,当以辅导之臣为先。今天下之人敢怒而不敢言者,以奸邪尚在枢机之地故也。”因数吉十罪,且谓“李林甫之蜜口剑腹,贾似道之牢笼言路,合而为一,其患可胜道哉?伏望陛下奋发乾刚,消此阴慝,拿送法司,明正其罪,则人心悦而天意回矣”。科道交章劾昇,指为轻薄小人。上命谪昇南京工部员外郎。其同乡何乔新赠以诗曰:“乡邦交谊最相亲,忍向离筵劝酒频。抗疏但求裨圣治,论思端不忝儒臣。自怜石介非狂士,任诋西山是小人。暂别銮坡非远谪,莫将辞赋吊灵均。”由是人目吉为“刘绵花”,以其耐弹也。吉闻而大怒,或告以出自监中一老举人善诙谐者,吉奏允举人监生三次不中者,不许会试,其擅威福如此。辛亥九月,上命撰皇亲诰券,吉稽迟俟贿,始恶之。使中官至吉家,勒令致仕。吉疏上即允,犹令有司月给米五石,岁拨人夫八名,降敕护之还乡。频行,京城人拦街指曰:"唉,绵花去矣。"昇寻被召,擢少詹事,而举人会试亦除禁限。

牛 生 麟

沈约《宋书·符瑞志》以麒麟为首,效《周书》王会解,凡汇皆训释之。至曰"玉女,天赐妾也,则物魅亦与焉"。鄙倍甚矣。予谓诸福之物,当以六籍所载者为先,文、宣朝,祥瑞无间远迩。永乐甲申八月,驺虞出周郊,二虎随之。甲午榜葛剌国、乙未麻林国,俱贡麒麟。宣德己酉,来安县石固山获驺虞二,是《关雎》《鹊巢》之应毕备于一时也。癸丑闰八月,编修许彬进《麒麟狮子福禄玄虎四祥》诗。福禄,番人本名福俚,状如骡,其文白黑相错,匀莹可观,乃王会所无者。狮子本非瑞应,日食牛羊,百夫扛之,大为民害。成化戊戌,西夷扣嘉峪关来献,御史徐纲按甘肃,令守关者勿纳,疏上,不从,盖不明言其匪瑞故也。又有马哈者,如羊而纯黑,头有双角,其长过腰。驼鸡者,高七尺,王翮玄翎而金距,岂王会所谓辉弦文翰之属邪?如发令,以六籍所载四灵之外,无得有献,则外夷无所售其奸矣。以予所闻,成化甲辰,泗州牛生一麟,怪而杀之,人见其足如马蹄,黄毛中肉鳞隐起如半钱然。同时武陵田家牛亦生麟,头尾及足皆牛,但遍身生鳞,鳞缝中绿毛,茸茸然纤秀。方出胎,见铁坎倚壁,即往啮食,家人击杀之,其皮见存常德府库。弘治辛亥,蒲圻白水村邓荣家牛又生麟,大率类武陵者,不食而死。故荆吴间人言牛在水泽,云雾逢起,即有龙与交,因有此异。由此言之,奇祥极瑞,中国所自有,第在人知而豢之耳,虽绝外夷之贡可也。

筹 边 翊 治 策

吏科给事中闽人林粹夫廷玉,父芝,司训信宜。母没,留葬焉。及父迁韩府纪善,占籍平凉,遂领陕西解首,连第进士。以葬鲁都宪使吾广，因趋信宜，访得母墓，恸哭祭之，欲负骨以归，陈白沙止之。有"不与皇华共载"之句，乃图山形而去。其至广西也，询知狼兵勇悍，皆由土官养以威福，信。将出征，籍其姓名，椎牛酾酒，使纵一日之欢。及师还，则谴责其无功退缩者，削其田产，以赏有功，并赒阵亡之家。所获头畜金帛，尽许入己。故遇敌奋勇，所向皆捷。比在谏垣，弘治改元，六月，虏犯大同、宣府，诏镇守等官各陈所见。粹夫上《筹边翊治十策》，明赏罚以振军旅，禁暴掠以安黎庶，革宿弊以清吏治，预处置以成人才，表忠良以垂世教，慎师儒以敦化本，肃礼仪以广敬畏，普惠泽以恤困穷，举遗才以昭激劝，究元恶以示鉴戒。大意言虏寇犯边之时，间有骁勇军士，斩获首级，则冒为己功，或与所私。夺回头畜，则尽数入官，追并栲打。其阵亡者，失律避罪，俱报病死，且不赒复其家，使其父母妻子至于困馁。故得功者徒为痴人，阵亡者空作冤鬼，惟狡滑奔逃，乃得两全无害。似此赏罚不明，谁肯输命效死？以边将受阃外重托，而反土官不如，此臣所以三叹息也。自今恩义以培养于平日，威信以振起于临时。毋夺士卒之功，毋匿阵亡之报。重退缩之禁，恤死难之家。其夺回头畜财物，以十分为率，有主者四分偿劳、六分给付，其无主者并听军士入己，庶几赏罚明而军威振矣。王师所过，纪律不严，致令军士抢掠，以充盘费。亦有将帅生事，百端扰索。近闻天花菜一斤价银三两，其余可知。宜禁戢军士暴掠，供应毋恣科敛，则边人蒙福，当不赀矣。内治之修，在用人才、明赏罚。且如逋逃僧继晓、奸吏李孜省、方士邓常恩、赵玉芝辈，奸党势焰，倾动一时。皇上洞烛其奸，首行斥逐。然孜省下狱当矣。而继晓遗漏不追，家赀钜万，日拥美姬以自娱。玉芝谪戍，宜矣，而其冒滥葬祭，父母坟茔，辉煌如故，非所以昭法戒也。乞敕法司擒械继晓，明正其罪。仍行巡按，平毁坟茔，则将来奸宄知所惩矣。上悉行其言，命锦衣官校逮继晓，戮于市，天下快之。

刘王疑冢

南汉刘隐，僭据广州，传四世，皆昏虐，多立疑冢，以虞发掘，今北郭外有之。弘治壬子，予觅寿藏白云之麓，有携砖来售者，方二尺，厚五寸，上有篆识曰"景定辛酉预备砖"。寻又有售碗碟盘盂者，其色黑而润，若饶磁然。询其所由来曰："得诸刘王冢。"往观藏处，实大墓也。然景定乃宋理宗年号，其非南汉物明矣。廖山人飞卿云冀居西城外荔枝湾，犁田得长刀，其铦已尽，而嵌银文彩如绣犹新，岂当时昌华苑之遗物哉？又北十里，多甓石，亦指为刘王冢，发之，惟水涓滴而已，盖所谓明月峡、玉液池也。予《咏西城古迹》云："江水东流西日斜，刘郎綦迹尚天涯。昌华苑外裙腰草，玉液池边鼓吹蛙。隔陇牛羊闻牧笛，遥林烟火是樵家。当年翠辇曾游地，留与东风长稻花。"

天 地 神 化

横渠曰："一物两体，气也，一故神。"自注云：两在故不测。"两故化。"自注云：推行于一。盖天包地外，而气行乎地中，只一物尔。在阴在阳，消长进退于无穷，故不疾而速，不行而至，所谓阴阳不测者也。一阴一阳，化生万物，虽是两体要之，只是推行此一物耳，所谓"为物不贰"者也。人测天地之化，因阴阳两在而知其神，不特圭臬、景晷、律琯、葭灰而已。《汉志》曰："天子陈八音，听乐均。冬至阳气应，则乐均清，景长极，黄钟通土，灰轻而衡仰；夏至阴气应，则乐均浊，景短极，蕤宾通土，灰重而衡低。"此即《周官·大司乐》分阴阳之遗法也。以声召气，故神祇可得而礼。执是以为南北郊，则误矣。记曰："人者，天地之心也；其气，天地之塞也。"饮食暖于心，既久而达于四肢，此可以体天地之化。刺割抑搔，才及于肤，而心即悟，此可以体天地之神，又何待外求哉？

名 字 称 呼

文质迭为盛衰，观于名字称呼，亦自可见。汉孔安国、唐郭子仪皆以名为字，逮宋鲜矣。我朝淳风，超出汉、唐。洪武至天顺，登科录多有之。成化己丑进士曹时中字时中，张祯叔字祯叔，廖德徵字德微，此后始罕见耳。惟吉水彭氏兄弟，敬、占、道、术、教，以主一、用二、贵三、崇四、敷五为字，人甚异之。又有张用也、孙继兮，则新奇甚矣。书简称人以"阁下"、"明公"，自称不过"侍生"而已，"足下"、"友生"，又其常者。方韩都宪之莅两广也，首斩一指挥以令众，藩臬谒见，即行跪礼。既平大藤峡，其威张甚。然吾郡吴太守中聘教授王文凤修郡志，公闻之，以所得书简附入，惟曰"贺都御史韩雍平两广书"。其中大司马王公称"竑拜书复都宪永熙知己阁下"，大宗伯姚公称"夔顿首都堂永熙年兄阁下"，少司徒薛公称"远百拜奉书永熙都宪年兄行台"，邢太守称"侍生宥百拜奉书都堂先生执事"，顺德钱大尹称"乡生溥端肃奉复总督巡抚都堂阁下"。按薛、邢皆琼州人，钱又属吏，未尝有所诮也。相去未久，乃有治生、晚生与门下、台下诸称。平交或号而不字，官尊齿邵，则系以翁，或称老先生，不一而足，岂亦文盛之会哉！

给 由 赈 济

吏部旧例，凡在外官员考满，给由至部，必察其行能，审其年貌，从公考核称职、平常、及不称职，以凭黜陟。惟云、贵军职首领远者、及驿递等官在外者，各赴本布政司；南直隶者赴南京吏部；北直隶者亦赴本部。成化甲辰，豫备饥荒，始令被灾所在三年、六年考满官员，四品纳米六十石，五品五十石，六七品四十石，八九品三十石，杂职二十五石。俱听巡抚官拨缺粮仓分纳完，回任管事，免其赴部。惟造完须知功迹牌册并通关，差人缴部而已。弘治庚戌三月，三原公会题，略谓："各官廪禄有限，而杂职之俸尤微，苟非取之公，必至剥于下，贪惰之风，由兹而起，考课之法，废格不行。中间虽有老懦贪酷，无从辨验，是非臧否，混于一途矣。今后遇有灾伤所在，缺米赈济，许令有司措置。其考满者，俱要赴部给由，照例考核。"上从之。予按，旧制给由者，条陈本处民情吏病，自行具奏，于鸿胪寺引见之日，径赴进呈。永乐初元，江西左参议孙浩、广东副使邹佑考满，给由违此，遂蒙拿问，最宜复也。宜革者既革，而宜复者不复，何哉？

沈　阳　鸡　异

河间沈阳中屯卫前千户胡泰，母死已十年，父亦再娶。弘治己酉，泰梦亡母告曰："我已托生为雌鸡，毛色黟黄，明日当为某屯军赘仪，至则好收养之。"明日，泰偶出，果有荷米食及鸡至者，即欲烹鸡饷之。鸡人言曰："毋烹我，且待泰儿回。"家人大惊异。及泰回，绕身喃喃，叙及家事。泰告父以梦征，乃畜不杀。后益作孽，飞啄后妻面首。且自矜存时干创艰难，今家业日耗，皆夫纵后妻之故。诟詈不已，远近闻之，借观者众，泰拒不纳。无何，后妻逐入炕下，扑杀之。考诸《五行志》，近鸡祸也。

木　兰　复　见

南京淮清桥女子黄善聪者，年十二，失母，有姊已嫁人矣。父贩线香为业，往来庐、凤间。怜其幼且无母，又不可寄食于姊，乃令为男子饰，携之旅游者数年。父死，诡姓名为张胜。有李英者，亦贩线香，自故乡来，不知其女也。因结为火伴，与同寝食者逾年，恒称疾，不脱衣袜，溲溺必以夜。弘治辛亥正月，与英偕还南京，已年二十矣，突然峨巾往见其姊。姊谓："我本无弟，惟小妹随父在外尔，胡为来？"乃笑曰："我即善聪也。"泣语之故。姊恶之，曰："男女同处，何以自明？汝辱我家矣。"因拒不纳。善聪不胜其愤，谓曰："妹此身却要分明，苟有污玷，死未晚也。"姊呼稳婆视之，果处子，始返初服。越三日，英来候，善聪出见，英大惊愕，归，怏怏如有所失，饮食顿减。英母忧之，以英犹未娶，乃求婚焉。善聪执不从，曰："此身若竟归英，人其谓我何？"所亲与邻里交劝，则涕泣诟之。事闻三厂，勒为夫妇，且助其食具。成婚之日，人有歌之者，以为木兰复见于今日云。予按，女易男饰、后返初服者，南齐时有东阳娄逞，五代时有临邛黄崇嘏，国初蜀有韩贞女，盖不独善聪也。

长 幼 礼 严

中原西北士大夫,长幼之礼甚严。年长者每呼姓名,饮酒献酬,幼者必跪,初不计贵贱也。山西雍宪副世隆泰性气廉厉,凛不可犯。既贵,便道过家,往访同窗旧友王生。时生已弃士业农矣,遇诸途,谓曰:"雍泰乃念贫贱之交乎?倘不弃予,约期访汝韦曲。"泰敬诺而归。至期,冠带以俟。生布衣褴褛,背只鸡持瓢酒至,据正席而坐。泰以兄事之,与饮必跪,生亦直受之不辞。泰后为都宪,巡抚宣府,风度棱峻。参将李杰来见,不与为礼,杰颇不法,即数其罪,呼左右缚杰,使跪庭下,大棍挞之三十,坐是罢官。其宦辙所至,辄有遗爱,人谓与华岳争高。《诗》云:"柔亦不茹,刚亦不吐。不侮矜寡,不畏强御。"足以当之矣。泰,陕西咸宁人。

圣 贤 后 裔

宣圣五传曰顺者,魏封鲁文信君;又二传曰鲋者,秦封鲁国文通君。其后侯于汉,进封公,唐袭封文宣公,宋南渡,改衍圣公,金又增世袭曲阜令,元因之。我朝洪武初,诏并如旧制,仍免孔氏差发。仁庙赐衍圣公甲第于东华门北,景帝赐三台银印玉带麒麟袭衣,皆前所未有也。永乐丙戌,试乙榜举人,赐冠带、太学读书,以孔滵圣人后授春坊左中允。景泰甲戌,会试中式孔公恂,闻母丧,上知之,命翰林给纸笔,俾就殿试,赐进士出身。服阕,授礼科给事中,后擢少詹事兼左谕德,辅宪庙于东宫。正统初,浙江佥事彭贯,奏宋衍圣公孔端友从高宗南渡,留居衢州,遗祭田五顷,当给赐。诏如所请。弘治癸丑,用守臣言,端友远孙彦绳,嫡派也,命为翰林五经博士,世袭,主衢庙祀。先是,景泰辛未,择颜子之后希惠,孟子之后希文,授翰林,世袭五经博士,诚意伯刘基七世孙禄官亦如之,金谓不类。弘治壬子,上念开国功臣六王,惟中山、黔宁子孙世公,而开平、岐阳、宁河、东瓯,皆为编氓,乃征其裔孙常复、李璿、邓炳、汤绍宗,并授南京锦衣卫指挥使。

礼科给事中吴仕伟言:"诚意伯后不当为博士。"于是录基九世孙瑜为处州卫世袭指挥使。圣贤后裔,自此不混于功臣矣。

裴周二大魁

唐高锴为礼部侍郎,知贡举,《唐书》称其颇得才实。然《摭言》载,裴思谦自携仇士良一缄,入贡院,易紫衣,趋至阶下,白曰:"军容有状,荐裴思谦秀才。"锴接之,书中与求巍峨。思谦曰:"卑吏奉军容处分,裴秀才非状元,请侍郎不放。"锴俯首良久,曰:"然则略要见裴学士。"思谦曰:"卑吏便是也。"锴不得已从之。洪容斋谓锴"徇凶珰意,以为举首,史谓才实,恐不然也。"宋理宗开庆元年,太平州人周震炎,附丁大全。及省试得隽,大全窃御题示之,即豫构数千言,大全力荐,遂擢第一。既唱名,大全进贺曰:"此太平状元也。"上大悦。公卿向尝见其在大全私第执役如奴隶,物议喧骇,而不敢言。是年,大全败,追夺震炎恩例,降名五甲。二大魁幸进乃尔,亦可叹哉!或谓国朝吉安人当路,曾棨等三人及第,皆出吉安;福建人当路,林震等三人及第,皆出福建。恐亦气机所孚,非徇私也。然成化甲辰、弘治庚戌,首大对者,皆行不逮文,追降之制,似亦宜复。

何 孝 子

何孝子子完字新,惠之博罗人,少失父,事母至孝。有传其事者可异焉,其词曰:"宇新母死,贫不能葬,乡人感其行,无远迩争赙之,发引致奠,至七十余筵,遇积雨不止。及轊车届道,随在辄晴,雨若为之迁避者。既葬,缚草庐墓侧,夜有虎蹲其门,宇新祝曰:'罪恶之人,孤哀万死,盍蚤食我,毋徒相怖。'穴壁觇之,二虎左右驯如也。迨晓,散去。夜辄复至。每浃旬,则易二新者,犹瓜代然。宇新忽得危疾,乡人舁归治之。其家在城市,虎亦尾之去。疾愈,还墓,则虎又来,遂视之若素豢者。家无应役三尺之童,畜一黄犬,每三五日辄候墓所,每有所需,即书片纸系其颈,家人见之,具备系使负还。'似此孝感不一。士庶百余人，白其事于藩司，及具奏，有旨旌其门。后宇新第乡贡，入南监。苏人钱士弘者，与之友善，见其近体衣尚结衰，绞带牢不可解，以示终身之丧云。宇新尝求李西涯诸名公为作庐墓诗，陈白沙封其卷，题诗有'直从天地闭三冬'之句，惜其自襮也。"近闻吉水罗孝子玮居母丧，庐墓螺子山下，亦有驯虎狎犬之异，与宇新事颇相类。

进士教职长史

进士就教职、授长史，皆穷途也，然亦有自穷转达者。洪武庚戌，仁和儒士俞友仁领荐。辛亥，取会元，赐第在三甲，筮仕丞长山，辞不能史，改襄阳教谕，后调诸城而终。钱塘王仪之羽，年十九，领首荐。辛未进士，历仪制郎中，升太常少卿。乞归，改掌教余杭，卒。永乐乙未进士第二人李贞、第三人陈景著，皆久于编修，乞便养。贞得高州教授，景著得福州教授，俱不迁而没。弘治庚戌，进士无锡杨文避，作县教授、金华令，升南监丞矣，其达可量邪？授长史者，永乐甲申进士第三人周孟简，自詹事府丞擢襄府，周忱自刑部主事擢越府。天顺庚辰，德王出阁，选进士杨完、刘诚、雷霖、屈祥，授翰林检讨，俾侍讲读。已而完、祥擢德府，诚擢秀府，孟简终于长史。成化己丑，李昊亦授检讨，擢忻府。其后，越、秀、忻三王早世，无子，国除，忱改工部侍郎，诚改宁国同知、升湖广参议，昊改南礼科、擢浙江参议，独霖擢副使、提学山西，其不可料如此。弘治庚戌，兴王出阁，选检讨，进士何洽、杨铎、刘溥、徐泫得与。而泫辄愤哄，吏部并洽等皆奏黜之，而别铨其同年前列者张景明、袁宗皋为左右长史，遂不敢辞。宗皋，吾广方伯凯之子也。

哈　　密

哈密，在西北大碛之外，本古伊吾庐，乃蒙古、回回杂处之国也。地居平川，城周四里，开二门。其东有溪，西北流，为咸卤，间有楸杏，农耕惟麦及豌豆二种。其北天山，与瓦剌相界。西接火州，为诸胡要路。唐置伊州，至元，有肃王忽纳失里者，镇其地，卒，弟安克帖木儿嗣。永乐元年，来朝贡马。二年，设哈密卫，改封忠顺王。三年，为可汗鬼力赤毒死，无子。兄子脱脱，自幼俘入中国，廉得其祖母速可失里，并还之，命袭王爵，赐以金印、玉带，官其头目为指挥、千百户、镇抚、经历，以周安为长史、刘行为纪善。而安克帖木儿妻属反，依鬼力赤。其后，脱脱酗酒病死。九年十月，封其从父之子免力帖木儿为忠义王，掌事以俟其子长成。宣德元年，免力帖木儿死，封脱脱子卜答失里为忠顺王。三年，以其幼不更事，仍封免力之子脱欢帖木儿为忠义王，以辅之。天顺中，忠顺王卜列革传孪罗帖木儿与脱欢之后俱绝，王母理国事。成化癸巳，土鲁番王锁檀阿力侵哈密，虏王母金印以去，其众逃居肃州及苦峪城。戊戌，锁檀阿力死，子阿黑麻立。先是，哈密相婚姻者凡三种，曰回回，曰畏兀儿，曰哈喇灰。王母外甥都督罕慎，畏兀儿人也，寓甘州。壬寅，甘肃守臣请封罕慎为忠顺王，从之。甲辰，遣使送入哈密。弘治改元，阿黑麻以罕慎非肃王后，乃假结婚而杀之。寻遣使入贡求封，朝廷玺书切责。辛亥，王母已死，乃归城池金印。会曲先安定王朝贡，自称忠顺王裔，盖奸人教之，其实非也。兵书马文升误听三种头目告保，遂立安定王侄陕巴为忠顺王。识者曰："夷虏贵种类，曲先本西戎，安定本鞑靼别部。强合为一，又与罕慎异矣。土鲁番必不心服。"阿黑麻闻之果怒，癸丑，复虏陕巴及金印以去。报至，上命兵侍张海、都督缑谦，率其头目写亦满速儿等往经略之。甲寅三月，还以无成功。海降参政，谦闲住。满速儿等四十余人，俱安置闽、广。闭嘉峪关，绝不与通。盖土鲁番距哈密七百里，恃其险远，至是益横。然兵马亦少，使大军及罕东卫番兵从捷径出其不意袭之，可擒也。今闻用此策，然大军不出，恐终难靖耳。

鸢　鱼　辩

程子曰："'鸢飞鱼跃'一段，子思吃紧为人处，与'必有事焉而勿正心'之意同。会得时，活泼泼地。"又曰："自再见茂叔后，吟风弄月以归，有'吾与点也'之意。"陈公甫合言之曰："舞雩三三两两，正在勿忘勿助之间。曾点些儿活计，被孟子一口打并出来，便都是鸢飞鱼跃。"又《与陈馥湛雨》诗云："君若问鸢鱼，鸢鱼体本虚。我拈言外意，六籍也无书。"陈益庵梦祥骥作辩曰："道具体用，体则天命之性，用则率性之道也，性道皆实理所为。故曰：'诚者，物之终始。'体何尝虚邪？《六经》所以载道，一字一义，皆圣贤实理之所寓，实心之所发。以之发言，则言必有物。以之措行，则行必有恒。故曰：'君子学以致其道。'书何尝无邪？以实为虚幻也，以有为无妄也。其曰言外意即佛老幻妄之意，非圣人之蕴也。"予谓公甫意从程子来，想是会得时，不必深辩耳。甲寅三月，予自香山省稼回，至白沙访之。雨后蹑草屦护鞋而往，相见大笑，讲话竟日，各赋一诗而别。予末云："吟弄不知春已暮，满天风月玉台巾。"盖许以"与点"之意。公甫末云："与话平生灯火事，羞看白发满乌巾。"岂以予老犹耽六籍故云尔乎？不可知也。持其翰归，涂通府见之酷爱，遂取去。其为世宝重如此！

一 月 千 江

宋景濂《序瑞岩和尚语录》云："人生而静，性本圆明，如大月轮，光明遍照凡苏迷卢境界。且湿性者，大而河海，小而沼沚，莫不有月，而中天之月未尝分也。月譬则性也，水譬则境也。"曹端夫首倡理学，以月川自号，岂有取于月映万川之喻与？薛文清曰："万川总是一月光，万物体统一太极也。川川各具一月光，物物各具一太极也。"佛氏书谓："一月普现一切水，一切水月一月摄。"得此意矣。陈公甫尝作《西江月》二阕，张学士元祯和韵云："一月千江千月，一通万感万通。先生何必苦加功？无用中藏有用。　　一个法身如粟，大千有象皆笼。不须淘净不须熔，本自无迎无送。""了了千条万绪，皇皇四达八通。入头下手怎施功？外面中间夹用。　　眼孔毫芒洞见，肚皮天样包笼。圣贤坯璞此陶熔，船快更加风送。"邹汝愚亦尝著论曰："天下岂有性外之物哉？尝观诸月矣。出没乎丹崖青壁之上者，月也；容与乎虚室空谷之间者，月也；荡乎江、止乎渊、依乎树杪者，月也。古人之所见者，月也；今人之所见者，月也。其为月也，岂有异乎哉？"视宋、薛稍广。予按，程子谓佛氏言性，犹太阳之下置器，其间方圆大小不同，特欲倾此于彼尔。然在太阳几时动，是日亦可喻，不独月也。夫中者，天下之大本，性固万理之一源，又奚必取诸禅？名理而取诸禅，吾儒其衰矣夫？

子 陵 太 白

严子陵足加帝腹，感动星象，高风不可尚已；李太白使力士脱靴、贵妃捧砚，亦一世之豪也。摘词者，无容喙矣。近见柳倅桑思玄悦《客星亭记》，乃谓客星有五，曰周伯、曰老子、曰王蓬絮、曰国皇、曰温星，凡有所犯，无不灾凶。《后汉·天文志》："客星居周野，光武崩，应之。"于此不书，似因子陵而讳占也，且犯帝座。与晋刘聪时入紫微同，其太史康相以为非常之变，聪遂灭亡。光武无其应者，岂非政鲜阙失，即目前下贤一事亦可弭其灾患欤？然世常拟子陵为客星者，盖于其名，而不于其实也。济宁城南有太白酒楼，古今题咏甚多。予同年谢同知国贤廷举传诵一律云："诗圣推删后，风流袭晋余。一生惟曲蘖，千首半裙裾。飞燕真危语，骑鲸岂信书？参乎爱手足，争肯饲江鱼？"乃刘进士承华恺所作。嗟乎！自商公去位后，即有戴御史疏誉汪直，遂复西厂，得骤迁。恺亦从风而靡者，乃尔敢侮太白邪？太白当明皇时，直奴视力士，其谮于贵妃，以飞燕新妆之句得左谪。正其说论，反以危语见嘲，视悦尤为谬矣。

丘文庄公言行

弘治乙卯春二月戊午，少保丘公薨于位，概其平生，不可及者有三：自少至老，手不释卷，其好学一也；诗文满天下，绝不为中官作，其介慎二也；历官四十载，俸禄所入，惟得指挥张淮一园而已，京师城东私第，始终不易，其廉静三也。家积书万卷，与人谈古今名理，衮衮不休。为学以自得为本，以循礼为要。成化初，予寓京师，得长子，名之曰"都生"，公顾予易以"都得"，取"自得"之义也。陈主事晟衣绣喑

公闻丧,面斥曰:"既不能以礼自处,又不能以礼处人。"自学士为祭
酒,最久任。所著《大学衍义补》、《世史正纲》、《家礼仪节》,每遇名
流,必质问辩难以求至当,皆足传世。成化癸卯,陈白沙至京,与谈不
合,人谓公沮之,不得留用。时犹未入阁也,安有沮之之事乎? 及入
阁,与太宰王三原皆太子太保。偶坐其上,三原啧有烦言。会太医院
判刘文泰失职,奏三原变乱选法,以所刻传封进,内多详述留中之疏。
上责其卖直沽名,致仕去。人以教讦议公,公实不知也。谢侍郎铎至
形诸言论,訾其著述。刘学士健谓曰:"丘仲深有一屋散钱,只欠索
子。"公曰:"刘希贤有一屋索子,只欠散钱。"健默然甚愧。又尝劝其
门生王鏊、谢迁二学士读书循礼,毋狎饮废事。至面检毛修撰澄廷对
策,多出《小学史断》,全无自得,以故翰林后进多憾之。揆公素履,于
谥法例得"文正"、"文清",而慭谥文庄者,其以此夫?

保 举 神 童

弘治乙卯,吾乡西溪张御史叔亨泰按云南。会镇守太监刘昶、总
兵黔国公沐琮、巡抚都御史张浩保举神童董元者,绍兴人,知云南府
复次子也,八岁时能诗翰。《咏胡桃》曰:"形状如鸡子,刚柔实未分。
擘开混沌壳,浑是一团仁。"《梅月》曰:"梦觉罗浮夜已阑,碧天云静月
团团。玉人不学桃花面,净洗红妆镜里看。"九岁以来,真楷草书歌赋
序记及三场文字,亦皆能之,今十三矣。请查照李东阳、程敏政、杨一
清、洪钟事例,考送翰林院读书。疏上,上召试,不如所言,命还籍,乃
充会稽县学生,更名玘。予按,敏政、一清及钟,皆由翰林院秀才登进
士,而钟授中书舍人,夭死,时年十八。惟东阳虽受上知,然为顺天府
学军生登第,未尝读书翰林也。今为学士,与敏政、一清俱将大拜矣。
玘其可量邪?

修 省 直 言

弘治乙卯二月,洮州雨霜;六月,黟、歙雨豆;七月,大雨雹;八月,

贵州地震；九月，吾广、潮、琼飓风暴雨；十月，南京地震，南赣大疫；十一月，贵州、陕西地震；十二月，靖虏卫天鼓鸣，长河、江西大震电；礼部以闻。上令两京文武群臣同加修省，直言无隐。于是户部主事芜湖胡仲光燧疏言："地震之类，灾之小者也。西北旱瘆，父子相食；东南饥疫，骨肉流离，大变也。陛下深居九重，左右蒙蔽，未之知耳。今李广、杨鹏引用刘良辅辈，左道惑乱圣心，斋醮糜费财用。差遣在外，如虎横行，吞噬无厌，其耗天下，不可言矣。士大夫昏夜乞哀于宦官贵戚，交相贿托，不以为耻。言官有所举劾，瞻前顾后，苟且塞责。如小吏徐珪忠义敢言，陛下误听奸臣之诉，置之于法，御史王槐依阿罪之。陛下所以奉行天地之事，群臣所以奉行陛下之事者如此。阴盛阳微，灾异曷由弭乎？乞用臣言，则奸佞斥而阴慝消矣。"疏入，人为燧危之。未几，广辈果以赃败，由燧启之也。今上仁明神圣，真可与尧、舜比隆矣。

双槐岁钞后序

夫上不足以厚人伦、统世教，下不足以纪名物、经变故，近不足以彰鸿烈、阐幽光，远不足以垂遗宪、綮后鉴者，君子不书也。恩生也晚，不足以窥古作者之意。然窃闻之，记事载言者，必文直事核，求不谬于此而已。嘉靖岁丁未，恩受从化之役，间抵郡城，得请见于泰泉先生，出是编见示。恩受而读之，知为先生王父长乐公所著。其曰"双槐"者，公燕息之室也；曰"岁钞"者，逊作者之名也。纪述起于景泰丙子，迄于弘治乙卯。首之以神功峻烈，以尊君也；继之以嘉言善行，以征献也；参之以祥瑞灾眚，以示儆也；博之以杂物撰德，以游艺也。或标其端绪，而条目以举；或撮其枢要，而几微以著。其文直而肆，其旨幽而显，其要归一折之于道，信良史之遗也。昔左史倚相，能读《三坟》、《五典》、《八索》、《九丘》；东方朔好古，传经术、博观外家之语。公之综核，非斯人之俦与？公始以乡荐入太学，即上六事，几触忌讳。及莅长乐，能剖析滞冤，诸所施为，盖不负所学矣。然甫试邑，遂解组而归，其论撰止此。盖自其所闻见而笔之，示传信也。使公敭历华要，以䌷金匮石室之藏，其可传者，顾若是邪？今先生以宏材硕学，蔚为儒宗。其所载记及郡邑志乘，已不下数十种矣。将来勒成圣代一经，贻之永久，必有以续是编之所未及者。昔司马迁成史谈之志业，韦贤传祖孟之诗礼，虽不敢以拟诸先生，而继述之迹，则似之矣。於戏！公之绩学种德，将撼忠以匡时也，而著此以见志。先生惟恐遏迭其光，而刊布以流无穷。《易》曰："可久则贤人之德，可大则贤人之业。"然则忠孝之久且大者，亦少概见矣乎？恩，先生督学时门人也，忘其谫陋，谨识末简，以质诸知言者焉。嘉靖戊申孟秋吉日，门下晚学生灌阳吕天恩谨书。

重刻双槐岁钞识

国家史馆之设,崇严秘密,非践黄扉、游玉堂,不可得而窥也。闾阎山薮之士,博识方闻,实有赖于野史之作。然史才甚难,兼善者鲜。至于取遣颇偏,文力短涩,或失则疏,或失则诬。故载述日广,而读者忽焉,侪于稗官小说者多矣。岭南进士黄君在素为宫端大学士、泰泉公之子会试道吴,以曾大父长乐先生《双槐岁钞》十卷见授。年读之卒业,曰:"良史才也!"其文雄赡,其事详核,笔削之际,务存劝戒,诚有若先生所谓"崇大本、急大务、期大化、决大疑、昭大节、正大经",而言今稽诸古,言天征诸人,言变揆诸常,言事归诸理,备极体要,成一家言。累朝列圣之治化礼文、名卿良士之嘉言善行,略可概见,非近日骤刻诸书所能及也。友人陆君延枝,世善史学,好古尚奇,闻下走之说而颔焉,乃曰:"江南、岭表,相去万里,博雅之士,饥渴愿见,岂易得哉?吾当另梓以广其传,有志编摩者用补正史之或遗,不亦善乎?"遂付诸锓工。嘉靖己未夏五既望,吴郡晚学彭年识。

历代笔记小说大观总目

汉魏六朝

西京杂记(外五种)　〔汉〕刘歆 等撰　王根林 校点

博物志(外七种)　〔晋〕张华 等撰　王根林 等校点

拾遗记(外三种)　〔前秦〕王嘉 等撰　王根林 等校点

搜神记·搜神后记　〔晋〕干宝 陶潜 撰　曹光甫 王根林 校点

世说新语　〔南朝宋〕刘义庆 撰　〔梁〕刘孝标注　王根林 标点

唐五代

朝野佥载·云溪友议　〔唐〕张鷟 范摅 撰　恒鹤 阳羡生 校点

教坊记(外七种)　〔唐〕崔令钦 等撰　曹中孚 等校点

大唐新语(外五种)　〔唐〕刘肃 等撰　恒鹤 等校点

玄怪录·续玄怪录　〔唐〕牛僧孺 李复言 撰　田松青 校点

次柳氏旧闻(外七种)　〔唐〕李德裕 等撰　丁如明 等校点

酉阳杂俎　〔唐〕段成式 撰　曹中孚 校点

宣室志·裴铏传奇　〔唐〕张读 裴铏 撰　萧逸 田松青 校点

唐摭言　〔五代〕王定保 撰　阳羡生 校点

开元天宝遗事(外七种)　〔五代〕王仁裕 等撰　丁如明 等校点

北梦琐言　〔五代〕孙光宪 撰　林艾园 校点

宋元

清异录·江淮异人录　〔宋〕陶穀 吴淑 撰　孔一 校点

稽神录·睽车志　〔宋〕徐铉 郭彖 撰　傅成 李梦生 校点

贾氏谭录·涑水记闻　［宋］张洎 司马光 撰　孔一 王根林 校点

南部新书·茅亭客话　［宋］钱易 黄休复 撰　尚成 李梦生 校点

杨文公谈苑·后山谈丛　［宋］杨亿口述、黄鉴笔录、宋庠整理　陈
　　师道 撰　李裕民 李伟国 校点

归田录（外五种）　［宋］欧阳修 等撰　韩谷 等校点

春明退朝录（外四种）　［宋］宋敏求 等撰　尚成 等校点

青琐高议　［宋］刘斧 撰　施林良 校点

渑水燕谈录·西塘集耆旧续闻　［宋］王辟之 陈鹄 撰　韩谷 郑世刚
　　校点

梦溪笔谈　［宋］沈括 撰　施适 校点

麈史·侯鲭录　［宋］王得臣 赵令畤 撰　俞宗宪 傅成 校点

湘山野录 续录·玉壶清话　［宋］文莹 撰　黄益元 校点

青箱杂记·春渚纪闻　［宋］吴处厚 何薳 撰　尚成 钟振振 校点

邵氏闻见录·邵氏闻见后录　［宋］邵伯温 邵博 撰　王根林 校点

冷斋夜话·梁溪漫志　［宋］惠洪 费衮 撰　李保民 金圆 校点

容斋随笔　［宋］洪迈 撰　穆公 校点

萍洲可谈·老学庵笔记　［宋］朱彧 陆游 撰　李伟国 高克勤 校点

石林燕语·避暑录话　［宋］叶梦得 撰　田松青 徐时仪 校点

东轩笔录·嬾真子录　［宋］魏泰 马永卿 撰　田松青 校点

中吴纪闻·曲洧旧闻　［宋］龚明之 朱弁 撰　孙菊园 王根林 校点

铁围山丛谈·独醒杂志　［宋］蔡絛 曾敏行 撰　李梦生 朱杰人 校点

挥麈录　［宋］王明清 撰　田松青 校点

投辖录·玉照新志　［宋］王明清 撰　朱菊如 汪新森 校点

鸡肋编·贵耳集　［宋］庄绰 张端义 撰　李保民 校点

宾退录·却扫编　［宋］赵与时 徐度 撰　傅成 尚成 校点

桯史·默记　［宋］岳珂 王铚 撰　黄益元 孔一 校点

燕翼诒谋录·墨庄漫录　［宋］王栐 张邦基 撰　孔一 丁如明 校点

枫窗小牍·清波杂志　［宋］袁褧 周辉 撰　尚成 秦克 校点

四朝闻见录·随隐漫录　［宋］叶少翁 陈世崇 撰　尚成 郭明道 校点

鹤林玉露　［宋］罗大经 撰　孙雪霄 校点

困学纪闻 〔宋〕王应麟 撰 栾保群 田松青 校点

齐东野语 〔宋〕周密 撰 黄益元 校点

癸辛杂识 〔宋〕周密 撰 王根林 校点

归潜志·乐郊私语 〔金〕刘祁 〔元〕姚桐寿 撰 黄益元 李梦生 校点

山居新语·至正直记 〔元〕杨瑀 孔齐 撰 李梦生 庄葳 郭群一 校点

南村辍耕录 〔元〕陶宗仪 撰 李梦生 校点

明代

草木子(外三种) 〔明〕叶子奇 等撰 吴东昆 等校点

双槐岁钞 〔明〕黄瑜 撰 王岚 校点

菽园杂记 〔明〕陆容 撰 李健莉 校点

庚巳编·今言类编 〔明〕陆粲 郑晓 撰 马镛 杨晓波 校点

四友斋丛说 〔明〕何良俊 撰 李剑雄 校点

客座赘语 〔明〕顾起元 撰 孔一 校点

五杂组 〔明〕谢肇淛 撰 傅成 校点

万历野获编 〔明〕沈德符 撰 杨万里 校点

涌幢小品 〔明〕朱国祯 撰 王根林 校点

清代

筠廊偶笔 二笔·在园杂志 〔清〕宋荦 刘廷玑 撰 蒋文仙 吴法源 校点

虞初新志 〔清〕张潮 辑 王根林 校点

坚瓠集 〔清〕褚人获 辑撰 李梦生 校点

柳南随笔 续笔 〔清〕王应奎 撰 以柔 校点

子不语 〔清〕袁枚 撰 申孟 甘林 校点

阅微草堂笔记 〔清〕纪昀 撰 汪贤度 校点

茶余客话 〔清〕阮葵生 撰 李保民 校点